四葉の使徒
タクト
「お前が、タクトか〜！
アルの仇を取りに来たの〜
勝負するの〜！」
第二柱魔王
ネロ
「……お前、誰だ？」

タクトのお供
クロ
タクトのお供
シロ
「こいつは話しとった
第二柱の魔王じゃ！」
第一柱魔王
アルシオーネ
女子小学生が増えている。
しかも今度は、
ゴスロリ系のファッションに
身を包んだ女の子だ。
魔王というのはこんな
見てくれの奴ばかりなのか？

異世界に転移させられたけど、ネゴってゴネッて女神も魔王も丸め込む！

地蔵

ぶんか社

C O N T E N T S

プロローグ

「……ここは」

目を覚ますと、辺り一面に白い空間が広がっていた。記憶を呼び起こして状況を確認してみる。

俺の名前は天草拓人《あまくさたくと》。日本の、いわゆるブラック企業に勤める四十二歳の独身サラリーマン。

服装を確認してみるが、何年も代わり映えしない見慣れたスーツ姿だ。

……俺の記憶に間違いはない。

（その通りです）

急に頭の中に何者かの声が響いた。

（……誰だ？）

俺が口に出さず頭の中でそう思い浮かべると、それに答えるように再び声が響いた。

（エリーヌと申します。あなた方の言う神です）

（……神？）

エリーヌと名乗った自称神は、俺の今の状態を教えてくれた。

なんでも俺は既に死んでいるらしい。

今から半年前の夜、部下を先に帰して一人になった会社で、ビールを片手に「三六《さぶろく》協定ってなんだよ!?」「有給休暇？　美味《うま》いのかそれ!?」と愚痴りつつ残務処理をしていた。少しだけ仮眠を取ろうと、椅子を並べて横になる。そして、そのまま心筋梗塞《しんきんこうそく》で呆気《あっけ》なく死んだのだそうだ。

厄年《やくどし》なのに厄払いしてなかったせいか……？　人生なんて呆気ないものだと、俺は肩を落とした。

（そんなに落ち込まないでください）

エリーヌが同情するような言葉を掛けてくる。だんだん冷静になってくると、勝手に思考を読まれていることに腹が立ってきた。

「すみませんが、私の話す言葉は聞こえますか？」

（はい）

言葉を口に出すと、エリーヌは頭の中に回答を返してくる。

「では、思考を読まずに言葉で会話していただけませんか？　それから姿も見せてください」

（えっ⁉　何故《なぜ》ですか？）

エリーヌは不思議そうに答えた。

「まずですね、思考を了承もなしにどこの誰とも知れない相手に読まれるなんて嫌じゃないですか？　それに、何か理由があって私をここに呼んだのでしょう？　姿も見せずに神と名乗るような者は信用できません」

（……確かにそうですね、こちらの配慮《はいりょ》不足でした。申し訳ありません）

完全な八つ当たりだが、エリーヌは納得したらしい。直後に、白い空間に天から一筋の光が差し、その中を一人の女性がゆっくりと降りてきた。

腰まである長い金色に輝く髪。そして、髪と同じ金色の大きな瞳。優しそうな微笑《びしょう》を湛えた口元。

何より、胸が大きい。うん、美人だ。間違いなく惚れてしまうレベルだ。俺の前に降り立った女性は優雅《ゆうが》に一礼をした。

「改めまして、エリーヌと申します。まずはあなたをこの場所へ呼んだ理由をご説明しますね」

自己紹介を終えたエリーヌは、美しい声で『異世界』について話を始めた。


俺の住んでいた世界とは異なる世界《エクシズ》。エリーヌはその世界を管理する神として就任したばかりなのだという。

彼女らが管理する世界では、住人たちから信仰されることで神力《しんりき》を得る。その力で世界の秩序《ちつじょ》や存在そのものを維持するのだが、近年ではエクシズの信仰が廃《すた》れて世界の維持に使える神力も薄れ、世界が崩壊の一途《いっと》を辿っているのだとか。

信仰のない世界には神の声も届かない。そこで神が考案した打開策というのが、外の世界から人を呼び、使徒として布教活動をさせる、ということであった。

説明を聞いて、疑問が浮かぶ。

「どうして私なのですか？」

わざわざこんなおっさんを呼ばずとも、他にいくらでも適任がいるだろうに。素朴《そぼく》な疑問への答えは意外なものだった。

実は前任の神が既に何人も異世界人を転移させて、使徒として活動させているらしい。正確には、活動していた。

しかし、何故か転移者たちは布教活動をせず、世界に混乱の種を蒔《ま》いては破滅していったというのだ。若い男を使えば、力に溺れ傍若無人《ぼうじゃくぶじん》な振る舞いをして、老いた男を使えば、魔術で若い女を誑《たぶら》かしてハーレムを築いた。そしてどちらも、民衆によって殺されたのだという。

その後も老若男女《ろうにゃくなんにょ》問わず転移させては失敗したので、前任者の神は、他の世界に左遷《させん》された。

エリーヌは目を逸らしながら、肝心の俺を選んだ理由を口にする。

「過酷な労働から逃げ出さずきちんと仕事をする責任感があり、加えて他者を惹《ひ》き付ける人望と能力のある方。そして何より孤独な使命にも耐えられるような強い精神力を持った方を選びました」

なるほど。つまり俺のように、家にもほとんど帰らず残業代も付かない激務をこなし、年間で数えるほどの休日でも馬車馬のように働く、いわゆる『社畜』が前提として選ばれるのだと感じた。

その中でもさらに、高校卒業間際に両親を事故で亡くし、兄弟もおらず親戚との仲も希薄な、限りなく人間関係の薄い俺は、エリーヌたちにはうってつけな人材なのだろう。

ただ、この条件でも最終的に俺が選ばれる理由にはならない。俺の意を察したのか、エリーヌは目を逸らしたまま、「こちらをご覧ください」と俺の目の前にモニターのようなものを出現させた。

そこに映っていたのはどうやら、俺が死んだ後の現世の状況であるようだった。

死亡した翌朝、出勤した部下に発見された俺は、警察の調べにより事故死だと判断された。

社長が喪主《もしゅ》となって、俺の未払い分の給料で簡素な通夜《つや》と葬式が執り行われた。そう、全ては平和に終わるかと思われた。

　しかしその後、会社には労働基準監督署《ろうどうきじゅんかんとくしょ》の調査が入ったようだ。そこで過重労働や賃金の未払い、さらには表に出せない帳簿まで発覚し、連日ワイドショーで報道されるまでになったのだという。

　その機に社員たちは次々と退職し、さらに取引先からも軒並み切られてしまったことで、社長が泡を食って対処しようとした頃には既に不渡りも秒読みというところまで来てしまった……という顛末《てんまつ》のようだ。まさか俺一人の死で、ここまでの影響が出るとは思っていなかった。

　自分の死の影響に落ち込んでいると思ったのだろうか、エリーヌは「続きがあります」と言って、別の映像を見せてきた。切り替わった映像は、どうやら少し時間が巻き戻り、俺の葬式帰りの同僚や部下たちを映したもののようだ。

「俺、天草さんがいたから、この糞《くそ》みたいな会社で続けられたんですよね」

「そうだよな、天草さんありきの会社だったからな。俺も随分《ずいぶん》と助けてもらってたし……」

「この仕事終わったら、みんなで独立しませんかって言おうと思ってたのに、その矢先だもんな」

「本当よね。取引先も天草さんにならって任せてくれたことも多かったしね」

「だけど、死んで会社に嫌がらせなんて、最後まで俺たちのことを守ってくれたのかもな。まぁ、いつも庇ってくれていた天草さんらしいけど……」

「ふふ、本当ですよね」

「これから頑張らないと、天草さんが化けて出てくるかもな！」

「そうよ。さぼっていると叱られるわよ」

「それは怖いな」

「ははは っ」

各々《おのおの》が悲しみを隠して明るく振る舞っているのが伝わってきた。思わず目頭《めがしら》が熱くなってしまう。

あいつら、俺のことをこんな風に思ってくれていたのか……死んでから気づいたことに後悔する。

「損得勘定《かんじょう》で他人と接しない。そして慕《した》われ、尊敬される。それがあなたの美徳です。無意識に誰かのために心から頑張れる方だと判断したのが、あなたを選んだ理由になります」

エリーヌが優しい口調で語りかける。どうやら気を使ってくれているようだ。混乱していないと言えば嘘になるが、後輩たちが前を向こうとしているのだ。俺が立ち止まっていては、あいつらに笑われてしまう。死んでしまったが、先輩として恥ずかしくない選択をするべきだと思った。

「分かりました。それではお引き受けするに当たって、まずは転移先の状況や諸条件、私へのメリットをお教えください」

「そうですね……」

少し考えてから、エリーヌが詳細を話してくれる。

エクシズは地球の半分程度の大きさの世界で、人間や獣人が属する『人族』と、魔人や魔獣、魔物が属する『魔族』が住むらしい。ちなみに獣人は人間より強いが、魔族は種族差が激しいので一概には説明ができないという。なので、詳細は省《はぶ》いてもらった。

魔法やスキル、ステータスといった概念や、ギルドや冒険者といったものが存在する、ロール《R》・

プレイング・ゲーム《PG》によくある、いわゆるファンタジー世界のようだ。

俺の使命は使徒となり、どのような方法でもいいので信仰を広めること。それも一箇所だけでなく、なるべく世界中に。ただし、教会のようなものはとっくに寂《さび》れて建物くらいしか残っていないらしい。

そこまではいい。問題は、転移の条件と、俺に与えられるメリットだった。

「私はこのままの状態で転移するのでしょうか」

「そうですね。知識や肉体、能力はそのままに、異世界で第二の人生を送ることができます！」

「……えっ⁉　それだけですか？　どこかの貴族になったり、勇者の力を得たりということは……」

「ありません。身分は平民ですし、過分な力を与えるのは危険だと前任者の件で判断しましたので、能力については特別なものは与えられません。俗に言う、一般人ということです」

確かに事情を聞けば、エリーヌの言い分にも一理あるように思える。けれど、自分の中でモチベーションが下がりまくっているのはありありと感じられた。

「……断ってもいいですか？」

「……えっ⁉」

エリーヌは明らかに動揺している。もしかして、断られるわけないとでも思っていたのだろうか？

「別に異世界で余生《よせい》を送ろうとも思いませんし。要は危険な使命を無償《むしょう》でこなせってことですよね」

「い、いや、あのですね、違うのですよ」

わたわたと弁解しようとするエリーヌ。見通しが甘いと言わざるを得ないが、俺はそこに、付け入る隙を見出《みいだ》した。反論を許さず早口で畳み掛ける。

「何が違うのですか？　働いたらその分の対価を支払うのは常識ですよね。なんの罪もない人間を無償《タダ》でこき使うのがあなた方、神のやり方ですか？　言い方は悪いですが、使うだけ使ってボロ雑巾《ぞうきん》のように捨てるなんてブラック企業より酷いですし、そんな神の信仰は広める自信もありません。いいえ、絶対に広まらないと断言できます。いいですか、そもそも、この場ではあなたと私は対等な立場のはず。これはその上で成り立つ取引ですよね。なのに、あなたは自分の都合《つごう》ばかり押し付けて、人の都合や気持ちは一切考えず」

「だって〜、初めてだからよく分からないんだもん！　そこまで言うことないじゃない〜!!　私だって一生懸命《いっしょうけんめい》やってるんだよ〜!!」

まくし立てている途中で、エリーヌは美しかった表情を崩し、座り込んで泣き出した。

先ほどまでの優雅な立ち振る舞いが、幻だったのか？　と思えるほどの変わりようだ。

きっとこちらが素《す》で、今までボロが出ないように気を張っていたのだろう。

「その……こちらも熱くなり過ぎました。申し訳ございません」

俺が謝罪すると、エリーヌは「……分かってくれればいいよ」とタメ口で返してきた。

完全にメッキが剥がれたという感じだが、これはこれで親しみが増し、交渉しやすくなった。

「とりあえず、転移を承諾《しょうだく》するか断るかは、内容を全て聞いてから判断させてもらいます。いずれにせよ、そちらの誠意次第ということになります」

「……本当に？」

「はい、私は嘘を言いません。だからそちらも、嘘をつかず正直に話してください」

「……分かったわ」

酷い顔のエリーヌを慰《なぐさ》めるように、ポケットからハンカチを出して手渡す。それを受け取ると、エリーヌはハンカチで鼻をかみ、服の隙間にしまった。

えっ、涙拭くために渡したつもりだったんですけど……。予想外の行動に固まってしまう俺をよそに、エリーヌは何事もなかったかのように再度説明をしてくれた。

彼女の語る転移条件は次の通りだ。

・転生ではないため今の年齢、能力を保《たも》ったまま、今の肉体で転移する。
・スキルや特別な装備などは与えられない。
・レベル一からのスタート。ちなみにエクシズの平均的な人間の成人男性はレベル五くらい。

以上。

……駄目だ、メリットが何も見当たらない。特にレベル一からのスタートは、デメリットでしかない。ただでさえ四十二歳と若くないのに、一般の大人より能力が低くてどうしろというのか。

さっき人間は獣人よりも弱いと言っていた。つまり、人間は人族でも最弱な種族になるのではないだろうか？

不安そうに俺の反応を窺《うかが》うエリーヌに質問する。

「せめて転生では駄目なのですか？　今の知識を保《たも》ったまま赤ん坊からやり直せるなら、それだけでもメリットなのですが……」

「無理だよ。だって時間掛かるもん」

確かに、転生だと生まれたての赤ん坊になる。そこから成長して布教活動ができる年齢になるまで、最低でも十年以上は必要になることだろう。神様なのだから十年くらい待てよ、と言いたいが、エリーヌは待てないらしい。一刻も早く、自分の名をエクシズに広めたいのだろう。

「はぁ～……」

大きなため息をつく俺に、エリーヌはおずおずと話しかけてきた。

「あの～……私の特権で、少しなら便宜《べんぎ》というか恩恵《おんけい》を与えられるから、それで了承してくれないかな？」

「恩恵とは？」

「神が与える特別な加護みたいなもの。世界に混乱が生《しょう》じない程度であれば、スキルを追加したり、ステータスや容姿を調整することはできるよ。一人の人間が過剰な力を持ちすぎなければ、対価と引き換えに何かをあげて調整することもできるけど……どう？」

最初は何も与えられないと言っていたのに、急にどうしたんだ？　もしかして、俺に断られたら後がないのだろうか？　となれば、多少強引な交渉でも通る可能性はある。そう推測した俺は、早速《さっそく》エリーヌに要求してみることにした。

なに、ゲームだと考えれば少しは気が楽だ。もし交渉が駄目でも、子供の頃に憧れた世界に行けるのだと考えれば、それはそれで希望が抱ける。

まずゲームの基本。それは即《すなわ》ち情報収集だ。自分の思うような展開にしたり、先に進むためにも、攻略情報は必要となる。

「【全知全能】的な能力はもらえますか?」

「【全知全能】って、たとえば?」

「頭の中で問い合わせをすれば、世界に存在する物の知識を教えてくれる案内役みたいなものです。知らない世界を無知なままで生きていくことは難しいですし」

「なるほど! それは必要だね。他人に見つかる危険も少ないし、いいよ」

「あと、女神様とも話せなくなるのは辛《つら》いので、女神様とも話ができるようにしてもらいたいのですが、できますか?」

「そこまで言うなら、特別に追加してあげるよ。えへへへっ」

俺のステータス欄が現れる。そこには【全知全能】と【神との対話】というスキルが表示されていた。【神との対話】は目を閉じて発動すれば、エクシズでの時間は停止した状態になる。つまり、時間を気にせずに話ができると、エリーヌは嬉しそうに説明してくれた。

よし、これで情報に関しては問題ない。

「えっと、これくらいでいい? これ以上の便宜はちょっと……」

戦闘関係のスキルももらえないかと画策《かくさく》していた矢先、エリーヌはそんなケチなことを言い出した。これ以上引き出すのが難しい、という所から交渉というものはスタートする。基本は相手のペースでなく、自分のペースに巻き込まなければならない。

「これは質問なのですが、たとえば野盗に襲われて荷物を奪われれば、その時点で使命を果たせなくなってしまいます。荷物を守る方法はありますか？」

「アイテムボックスってスキルがあるけど……上級スキルだから、世界でも一部の人しか使えないよ？」

「最低レベルで構わないので、それをいただけませんか？」

「レベル一ってこと？　収納する空間自体は無限でも、このくらいの物しか入れられないけど」

エリーヌは指先で空間を作り、入れられる物の大きさを示した。手に収まる小石程度といったところか。

「それで構いません。実は女神様の美しい髪の毛を、不安な旅のお守りとして持っておきたいと思っていたのです」

「あっ、なるほどね！　そういうことなら仕方ないね。特別だよ？」

【アイテムボックス（レベル一）】が表示される。

「はい、どうぞ」

エリーヌは、俺に自分の髪の毛を差し出した。

「ありがとうございます。本当に綺麗な髪の毛ですね」

「そんなことないよ……ふふっ」

エリーヌは嬉しそうに笑う。余程、褒められたのが嬉しいのだろう。しかし、この女神、褒めれば無限に調子に乗るタイプのようだ。ちょっと強めに出ると泣いて取り乱すし、交渉相手としては最適だと確信する。これならいくらでも便宜を引き出せそうだな。

「もう一つだけ、確認させてもらってもいいですか？　エクシズの言語はどうなっているのでしょうか？　意思疎通《そつう》ができなければ布教はおろか生活もままなりませんし」

「あっ、そうだったね。言語は基本的に共通だけど、地方によっては若干《じゃっかん》の違いはあるよ。全部自然に対応できるようにしておくね」

「全ての言葉が分かるという認識でよろしいですか？」

「うん」

よし、言質《げんち》は取った。ここからは少し強気に出よう。

「ありがとうございます。動物と話すのって、小さい頃からの夢だったんですよね」

「えっ!?　そ、そんなことは……」

「えっ？　今、全ての言葉って言いましたよね。もしかして嘘ですか？」

さすがに強引すぎかと思ったが、エリーヌはうーんと考えてから、仕方ないという感じで言った。

「……こちらの言い方が悪かったよ。全ての生物の言葉は理解できるようにするけど、そのまま声で会話できちゃうと混乱の元になるから、知能の低い相手には【念話《ねんわ》】っていう対象の頭に語りかけるスキルにするね」

「ありがとうございます。無理を言ったみたいですみません」

「いいよ、今回はお互い様ということで！」

【言語解読《げんごかいどく》】と【念話】を取得した。注意事項として、言葉での意思疎通や識字《しきじ》は問題ないが、文字を書くことは、俺の努力次第なのだという。そこは練習すればいいだろう。

「じゃあ、そろそろ転移の準備をするね」

「ちょっと待ってもらえますか！　対価を支払いますから、もう少し恩恵をいただきたいです」

「えっ、対価を払うならいいけど……」

「確認ですが、対価の考え方として、レベル百からレベル十にした場合のように、数値が大きい方から小さくすれば対価となる、ということで間違いないですか？」

「うん、そうだよ！　その数字の差で、与えられる恩恵の大きさも変わってくるかな」

俺の言葉をエリーヌが肯定した。

「では、今の年齢の四十二歳を起点に、十七歳までの肉体を対価にします」

そう告げると、エリーヌは一瞬ぽかんとした。

「えっ、どういう意味？」

「言葉のままですよ。四十二歳の時点から十七歳まで成長した肉体の記録を、対価として差し出します」

「そ、それって、若返るってことだよね？　対価って普通、逆じゃないと……」

「おや？　先ほどと言っていることが違いますよね。大きい数字から小さい数字にすれば対価となり、その差が恩恵の大きさだと明言されましたが？」

「そ、それは物の喩《たと》えで……」

「嘘は言わないと約束しましたよねぇ？」

「……はい。それで、望むものはなんですか……？」

エリーヌは渋々《しぶしぶ》と言った感じで条件を呑んだ。やはり押せばなんとかなるタイプだ。まだまだ搾り取れそうだぞ。

「地球の常識が通用しない世界ですし、自分の適性も分からないのでは困りますからね。【全スキル習得】のようなものが望ましいです。旅の中で自分なりの信仰の広め方も見つけられるかと」

「それは、素晴らしい心がけだね！　承諾するよ」

「ありがとうございます。人間以外のスキルも習得できるなんて便利ですよね」

「えっ!?　に、人間のものだけじゃ……」

「一言も人間だけとは言っていませんよ。全スキルなので、他種族のものを含む全てでしょう？それともエクシズでは、人間以外の生き物はスキルを持っていないのですか？」

「……人間以外の他種族にもスキルはあります。一度承諾したことですし、恩恵を与えます……」

パッと肉体が光を放ち、収まると、俺の肉体は大きく変わっていた。たるんだ肌は瑞々《みずみず》しくなり、節々《ふしぶし》にあった気だるさも消えている。久しく忘れていた、自由に動ける感覚だ。そしてステータスにも【全スキル習得】が表示されている。

俺が若返ったことに感動していると、腑《ふ》に落ちない様子のエリーヌは、これ以上いいようにされてはまずいと思ったのか、慌てて発言を訂正してきた。

「さっきの大きい数値から小さい数値にした場合に対価となる、というのは訂正するよ。今後は、小さい数値を大きくした場合をリスクとするからね！」

「それは、体重が五十キロから百キロになったとか、そういうことでいいですか？」

「そうです！」

エリーヌはここぞとばかりの、どや顔で返事をした。しかし、これは俺の望んだ展開だ。正直もう少しひねってくるかと思ったが、どうやら考えは浅いらしい。

「そうですね……では、私が生まれた直後から、三歳までの記憶を対価として捧げます」

「ええっ⁉　三歳までの記憶って、さっきと同じじゃ……」

「あれ？　女神様の言う通りにしたのですが。まさか、嘘ですか？」

「……すみません、こちらの解釈が誤ってました。望むものはなんですか……？」

「【不老不死】です」

幼児の記憶なんて思い出せないのだから元々ないに等しいが、子供の吸収速度は早く、情報量としても多いはずだ。同じ三年分でも肉体よりは価値があるだろうと思い、とりあえずテンプレっぽいスキルを要求してみた。

ところがエリーヌは取り乱すことなく、静かに首を横に振る。

「残念だけど、【不老不死】は世界のバランスが崩れるから無理だよ。そんな人間の噂が広まると、力を手に入れようとする人が出て、世界が混乱する元になり得るからね」

「要するに、後処理が面倒くさいと」

「そうそう！　……あっ」

　エリーヌはしまったという顔をしたが、時すでに遅し。こいつがものぐさなことは、バレてしまった。この女神、本当に大丈夫なのだろうか……。

「では、【レベル上限解除】でお願いします」

「……それも難しいね」

　俺的には【不老不死】より簡単かと思ったのが、エリーヌはまたも拒否する。腑《ふ》に落ちない俺は理由を尋ねる。

　エクシズではレベル百が上限となっており、それすら十万人に一人、たどり着くか分からない境地である。それ以上のレベルがあるとなると常識や均衡《きんこう》が崩れてしまう、と教えてくれた。

なるほど。確かにそんなレベルの人間がうろついていれば、体制が保っている力の均衡も崩れてしまいかねない。とはいえこのまま何もなしでは対価の意味がないので、俺は少し考えてから言ってみた。

「それなら、自分が許可しない相手へのステータス表示は、レベル百が最大ということにすればいいですよ。そもそもそんな境地の話なら、上限を解除したとしても無意味かもしれませんし」

「うーん、そうだね！　確かに普通じゃ無理なレベルだし、誰かに見られなければいいかな。うん、承諾！」

　エリーヌはスキルを付与しようとして、急に難しい顔になった。

「あー、三歳までの記憶では対価不足だね。六歳までの記憶が必要だけど、どうする？」

対価不足か……。これからどうなるか分からない状況で、幼稚園時代の記憶を残しても無意味だろう。俺は一も二もなく六歳までの記憶を捧げ、【レベル上限解除】を得た。何十年も前の出来事なので、本当に記憶を失ったのかは定かではない。

エリーヌはふう、と息を吐いた。これ以上の強引な交渉は難しいと感じたので、別の角度から攻めることにする。

「女神様、少し休憩しませんか？」

「もしかして疲れた？　今の肉体は疲れがないはずだけど？」

「いいえ、これから信仰を広めるにあたり、女神様のことを詳しく知りたいので、お話を頂戴《ちょうだい》したいと思いまして」

「そういうことなら喜んで！」

エリーヌは嬉しそうな顔で、俺に待つように言って消える。しばらくすると、飲み物と菓子を持って現れた。自分のことをそんなに語るつもりなのだろうか？

神様って時間の感覚も薄そうだし、もしかして何日も話し込まれたりしないよな……？　そう思っていたのだが、エリーヌは本当に小休止程度に語るのであった。

エリーヌは今まで、ベテラン神の補佐として、いくつかの世界に干渉してきたそうだ。正式な神として認められ、世界を任されたのはエクシズが初めてなのだという。

新人神ということで、名を広めた証である『〇〇の女神』のような二つ名も持たず、今はそれを得て、出世街道《かいどう》に乗ることを目指しているそうだ。ちなみに彼女は、同期の間では早く出世した方だと自慢気に話す。正直怪しいと思い、疑いの目で見るが、エリーヌは頑《かたく》なに本当だと言ってきた。

ゆくゆくはもっと沢山の世界を担当し、後進育成をしたりして、評価を上げ、中級神、上級神という管理職になるのが目標であるらしい。

神の世界も俺のいた社会とさほど変わらないのだと思った。世界を管理する神が発注元で、俺は下請《う》けといったところだろう。

「信仰というのは具体的にどうやって広めれば？　教会を建て直すのは骨が折れそうですが」

「基本的に、日常生活の中でお祈りしたり、私という存在を信じさせる程度でいいよ。それがだんだんと大きくなれば、信仰も広まっていくよ。特に、影響力の大きな人が信仰してくれるのが手っ取り早いんだけどね」

「それは地位の高い人ってことですか？」

「うん、そうだよ。あとは……有名人かな？」

要はインフルエンサーを捕まえるのが近道ということか。どこの世界でも同じだ。

それよりも果たしてエリーヌが敬ってもらえるような神なのか疑問なのだが、俺には他の神を選ぶという選択肢はない。

不安になり、一応他の神はどんな性格なのか聞いてみた。

「たとえば前任の神はガルプって言うんだけど、これがのらりくらりと言い訳して、面倒な仕事を避けるような奴でね……。口先だけで中級神に取り入って出世したんだ」

エリーヌはガルプについて、心底軽蔑《けいべつ》しているという風な話し方をした。そういう奴は、どの企業にもいるな。

「何百年とお咎《とが》めなしだったんだけどね、なんと前回の転移者は魔人と手を組んで人族を滅ぼそうとしちゃったの。世界人口も四分の一まで減って、現地人の力じゃ手に負えなくなって……。それで上級神まで報告が行っちゃって、『特別処理』が発動して、その時の転移者は消去されちゃったんだよね」

なるほど。やらかした部下の尻拭《ぬぐ》いに上司が出てくるというのも、実に会社らしい話だ。エリーヌの口ぶりから察するに、特別処理とやらは本当にリスクの大きな行為なのだろう。

「そんなことがあったから今でも、一部の魔族や人族の間では、ガルプこそ神って崇《あが》められているんだよね……。私はそんなことになりたくないから、就任する時に『使徒となる者には毅然《きぜん》とした態度で接しなさい』って先輩から教え込まれたのを守ろうと思ってるんだ」

エリーヌは話し終えると、ようやく落ち着いたようだった。さて、このまま流れで転移させられては困るな。あと一つ……いや、もう二つ欲しい恩恵がある。

「女神様、ちょっとよろしいですか？」

「なに？　あ、その前に、女神様って言うのやめてよ。まだ慣れてなくて、むず痒《がゆ》いんだよね。エリーヌでいいよ。敬語も要らないから」

「そんな気軽な感じでいいんですか？」

「いいの、いいの。気にしないで。あなたは、私の使徒として動いてもらうんだから」

俺は頷き、それでは、と早速敬語をやめて話を続ける。

「エリーヌは、どんな世界にしたいんだ？」

「私はね、できれば人族や魔族関係なしに、みんなで仲良くしてほしいんだ。種族同士の争いがなくならないのは分かるけど……。誰かの命令に従って自分を押し殺してまで、争いをする人たちは見たくないんだよね。神だから理想論になっちゃうけど、基本は干渉できないから、世界が悪い方に進んで行っちゃうと落ち込むんだ」

そう言って彼女は目を伏せた。補佐時代にも色々と嫌なものを見たのだろう。

「なるほどね。じゃあ、俺は使徒として、みんなが仲良くなれる世界を創れるよう頑張るよ」

「うん、よろしくね」

エリーヌは寂しそうな顔にわずかに笑みを浮かべて答えた。

「そうだ、エリーヌ！」

「なに？」

「エリーヌには紋章とかシンボルみたいなのってないの？」

「ん〜、まだ就任したばかりだし、そういうのは考えてないかな」

「そうなんだ……。いや、たとえばだけどエリーヌの信奉者がそれを身に着けたり、グッズのような形で広めて、誰でも神を身近に感じられるってことにすれば信仰も集めやすいかな、と思ったんだけど……」

するとエリーヌは両手を握り、目をキラキラさせながらこちらを見てきた。

俺の提案がよほど嬉しかったのか？

「ないなら、今決める？」

「うん！」


……それから二人して唸《うな》りながらたっぷり二時間近く、エリーヌのシンボルを考えた。話し合う中で、お互いの口調も、かなり砕けたものになっていった。

まだ広まっていないものなので、誰かに認知されるまではいくらでも変更が効きそうなのだが、転移後に決まったら教えてくれと言うと、エリーヌは半泣きに近い顔で叫ぶのだ。

「駄目だよ！　タクトが真剣に考えてくれた案なのに、いい加減なことはできない！」

締め切り間際に思うようなデザインが出ずに悩んでいるデザイナーのようだ。ぶっちゃけこの案は、エリーヌに取り入ることで恩恵を得ようという、邪心からきたものだったのだが……なんだか申し訳なくなってきた。

「とりあえず、鼻水出てるから拭いたほうがいいよ」

笑いながら、ポケットからハンカチを出そうとしたが見当たらない。そういえば、エリーヌが鼻をかんで、服の中にしまったんだった。

「さっきのハンカチはあげるから、それで鼻をかんですっきりしよう」

「うん！」

エリーヌは太もも辺りからハンカチを出して鼻をかむ。そのまましまおうとせず、ハンカチの一点をじっと見つめていた。

「鼻から変なものでも出たの？」

気になったので、失礼な言葉だとは思ったが尋ねてみた。

「……この模様って何？」

模様？　ハンカチに特別こだわりなんてなく、適当に買っているだけだから、渡したハンカチの模様がなんだったかは、俺も覚えていない。

エリーヌの後ろから覗き込んでみると、隅っこに四葉のクローバーの刺繍《ししゅう》が施されていた。

「これは四葉のクローバーと言って、あまり生えてないから、見つけると幸せになると噂されている植物だよ。小学生の頃に探したけどなかなか見つからなかったな……」

小学校低学年の頃の話だ。それ以前は思い出そうとしても、なんという名前の幼稚園に通っていたかすら思い出せなかった。

「……これにする」

「ん？」

「私のマークは四葉のクローバーに決めた！」

……エリーヌさん、本気ですか！　俺は、思わず心の中で叫んだ。

それは特別なものではなく、どこにでもあるようなデザインだ。

それを神のシンボルにするなんて……。

「エクシズには、クローバー系の植物はないの？」

「似たような三葉のものはあるよ。でも四葉は存在しないはず。だから仮に存在しても、それは奇跡に近い確率なのね！　そう、まさに幸運を手にすることと同じなの！」

よほど気に入ったのか、一人でハンカチを握りしめて笑っている。ハンカチは一面に女神の鼻水がべったりなのだが……マニアにはご褒美《ほうび》なのかもしれないな。

「それじゃあマークの報酬というか、追加の恩恵が欲しいんだけど、いいかな？」

「いいよ。こんなにすごいものを一緒に考えてくれたからね」

「ありがとう。少しでも転移先での差を埋めておきたいから、レベルの経験値と、スキルにも経験値があるならその取得量を二倍にしてほしいかな」

「そんなことでいいの？　はい、承諾」

タクトは【経験値取得補正（二倍）】【スキル値取得補正（二倍）】を取得した！　……っと。ヨシ！　エリーヌは最後の恩恵の重要さに気づいていないようだ。実際これが一番必要だったと言っても過言ではない。承諾されたし返さなくてもいいだろう。

これで準備は整った。さらにエリーヌは、旅立つために必要な道具一式を渡してくれた。

どうやら機嫌がよくなったあまり、最初の制限はすっかり忘れているらしい。

「それじゃあ、エリーヌを神として広めて、みんなと友達になれるように頑張るよ！」

「よろしくね。私も祈っているからね！」

エリーヌの笑顔に見送られ、光の中へと進む。

不安は多いが、とりあえずは異世界生活を楽しんでみよう！　と、胸を躍《おど》らせるのであった。

第一話　無職確定！

なんでこんなことに……。

それが異世界転移して俺が最初に抱いた感想だ。転移した直後にそこが森の中だと気が付き、周囲を見回すと、なんと目の前に魔物らしき生物がいたのだ。

角の生《は》えた少し大きめの兎。最初の魔物はスライムと相場《そうば》が決まっているだろうに……。ていうか、いきなり魔物に遭遇なんてどんな嫌がらせだよ！　まさか転移して最初に覚えた感情が『怒り』だとは！

当然俺は丸腰で、戦闘に役立つスキルも覚えていない。異世界に馴染《なじ》むようにと変えてもらった服も、冒険者の物ではない。その辺の平民が着る粗末なものだ。

唯一違う所があるとすれば、胸元やズボンの腰の辺りに、四葉のクローバーの刺繍がしてあることくらいだった。

あの、アホ女神め……！

俺は心の中で叫ぶ。何より、出世が早いと自称するエリーヌを過大評価してしまい、細かな点まで確認が行き届かなかった自分に憤りを感じる。

ゲームなら死んでもおかしくない、このシチュエーション。現実なら、何％の確率で生き残れるだろうか。戦闘になれば間違いなく負ける！　そんな確信しかなかった。

とりあえず、一縷《いちる》の望みをこめて、【念話】で話しかけてみた。

（おい！）

戦闘態勢に入っていた兎は、急に周囲を見回し始める。俺の声に反応したのだろうか。

（キョロキョロするな！　見えていないみたいだが、そいつは俺の獲物だ。横取りするなら、先にお前から始末するぞ！）

兎は見えない敵に怯えたのか、体を反転させて一目散《いちもくさん》に逃げ出した。……とりあえず、助かった。

そう思いながら、今出会った魔物の名を【全知全能】に確認する。

《今、目の前にいた魔物の情報を教えてくれ》

《遭遇した魔物の名称はホーンラビット。知能、能力とも低級の魔物です》

そのままの名前だなと思いつつ、本当に頭の中で回答してもらえたことに驚く。周囲に生き物の気配がないので、一旦落ち着いてから目を閉じ、【神との対話】を発動する。俺をこんな目に遭わせてくれたアホ女神に文句を言わなければ！

（はいはい）

（おい、どういうことだ！　転移したら危うく死ぬところだったじゃねえか！）

俺はクレーマーのように高圧的にエリーヌを責めた。だが、エリーヌは俺の言った意味が分かっていないのか、それとも、惚《とぼ》けているのか、キョトンとした声で返す。

（えっ、何が!?）

（いきなり目の前に魔物がいたんだよ！　しかも武器もない平民服でどう戦えって言うんだ!?）

（えっ、嘘！　ちょっと待って……）

何やらガサガサと書類を漁るような音がする。あいつ普段どんな環境で仕事してるんだろう。

何か分かったのか雑音がなくなり、エリーヌは対話を再開した。

（ごめん、装備を間違えちゃった。ついでに転移先も……。誤差ってことにしといて？　テヘッ）

テヘッ、ってなんだ！　可愛く言えば許してもらえると思ってるんだろうが、軽い口調が余計に神経を逆撫でする。最初に会った時の毅然とした態度はどこへ行ったのか。

（誤差って、本来の転移先とどれくらい違っていたんだ？）

（え～っとね、大体百キロくらいかな）

（はあ!?　それは誤差じゃなく、明らかな誤りだろ！　元々はどこへ転移させる予定だったんだ！）

（本当はジークって中規模都市の外れにある森の予定だったの。そこは人も多いし街が近いから）

今の説明だと、そのジークという都市に行くまで百キロの道のりを、武器もない状態で移動をしなくてはいけないということである。さらなる文句を言ってやろうとした矢先のことだった。

（あっ、ごめん。今から打ち合せだから切るね。じゃあ、頑張ってね！）

（ちょっ！）

エリーヌは俺の言葉を聞かずに、一方的に【神との対話】を切った。転移して最初に殺意を覚えたのが、これから信仰を広める女神だとは……。

こんな奴に、転移前に少しの間でも敬語を使っていたかと思うと、自分自身に腹が立ってきた！

とりあえず悲観しても仕方ないと、気持ちを切り替える。

装備の件もあったので再度ステータスを確認すると、気になる箇所があった。それは『職業』という項目だ。今は『無職』と表示されている。【全知全能】に問いかけてみた。

《職業ってのはなんだ？　無職なんだが、職に就くにはどうしたらいい？》

《職業とは、特殊なスキルやステータス補正を得られる肩書きです。村や街などにある職業所に行き、適性検査をすれば登録可能です》

なるほど、ゲーム風に言えばジョブってことか。

《しかし、タクト様は全ての職業に適性がないため、登録は不可能です》

《はあ!?》

俺は言葉を失う。俺って、生涯無職なのか……？　とりあえず、アホ女神に聞いてみることにする。打ち合せとか言っていたが、そんなことを言っている余裕はない。

（もひもひ）

明らかに何か食べている声で、エリーヌが通話に出た。

（おい、打ち合せはどうした!?）

（んっ、んん！　えっとね、上司の都合で時間変更になったんだよ）

明らかに動揺している。エリーヌが嘘をついているのは言葉だけでも分かったが、しかし今は、そんなことはどうでもいい。

（俺は職業が無職から変更できないって【全知全能】に言われたんだが、どういうことだ？）

（何、馬鹿なことを言っているの？　無職のままなんてあるわけないじゃない。特別に私が適性を確認してあげるよ）

エリーヌの言葉の直後、俺の体が数秒発光して消えた。そして、

（あれ、お、おかしいな？　こんなはずじゃ……）

エリーヌは焦るような言葉の後、数秒無言を挟み、そして媚《こ》びるような無理に明るい声を出した。

（ごめんね〜！　転移のバグか何かで、タクトは職業に就けないみたい。テヘッ）

（はぁ!?）

（でも大丈夫。職業に就けないだけで、スキルは覚えられるし使えるから、不便はないと思う！）

いやいや、いい大人が何かの書類でも作ろうとして、無職って書き込むのは辛いだろう……。

一応、そのバグとやらを解消できないか問うと、エリーヌは「無理！」と突っぱねた。

俺は、これからの人生を無職で過ごすことが確定してしまったのだ。どんどんと、異世界で暮らすハードルが上がっていく。転移直前の胸の高鳴りは、五分で木っ端微塵《こっぱみじん》にされてしまったのだ。

一生涯無職である落ち込みから気を取り直し、とりあえず街か村へ行くことを目標とした。

エリーヌの言葉によれば最初の転移先予定だったジークという都市までは、約百キロほど。まずはたどり着く前に、できる限りレベルを上げ、スキルを習得し、情報を得なければならない。ついでに信者も増やせれば旅の目的も達成できる。

まずは【全知全能】に、この場所の情報と近くに村か街がないかを確認する。その結果、ここか

ら南東十キロの地点に、ゴンドという村があることが分かった。

ちなみにこの森は『迷いの森』と呼ばれていて、複数の魔物が生息しており、方向感覚を狂わす魔力が充満しているため、装備もなしに迷い込むと生還が難しいらしい。だが、弱い魔物が主なため、冒険初心者がレベルを上げるのにももってこいの場なのだという。

戦う方法も考えなければならなかった。さっきは【念話】が通じたからいいものの、対話できない凶暴な魔物が相手の場合、戦闘は不可避だからだ。今のレベルから考えても素手で倒せる魔物はいないだろうと思える。

今のレベルで歩き回るのは得策ではない。ただでさえ、方向感覚が狂わされると【全知全能】から回答があったばかりだ。南東に向かって歩いていても、反対方向に進んでいるかも知れない。この森で動くにも、レベルを上げる必要がある。

ゴンド村に向かうのは、弱い魔物を苦労せずに討伐できるようになってからでも遅くはない。もしエリーヌが使命の遅延《ちえん》に文句を言うのであれば、「お前のせいだ！」と返すつもりだ。

人と触れ合えない異世界生活になるが、異世界に慣れるという観点で見れば、決して悪くはないかもしれない。最悪な状況の後には、よい未来しかないのだと自分に言い聞かせる。そんなわけでとりあえず、森に一ヶ月ほど籠《こも》ってみようと考えた。

ちなみに、アホ女神がよこしてきたアイテムは、『毒薬《どくやく》』と『痺《しび》れ薬《ぐすり》』がそれぞれ五個ずつだった。

普通は、俺の生存率を上げるため、『回復薬』とか『解毒薬《げどく》』を渡すものじゃないのか。転移場所の件も含めて、エリーヌは俺を殺す気なのかと、本気で考え始めた。

魔物の気配に気を付けながら川辺《かわべ》にたどり着いた俺は、周囲から適当な尖った石を探して拾った。

それを途中で見つけた程よい長さの木の枝に、ツル状の植物で巻き付けて即席の槍を作った。

作り終えた瞬間、頭の中で軽快なファンファーレが鳴った。心地のいい音でなく、どちらかといえば俺にとっては不快な部類に入る音だ。

ステータス欄を確認すると、レベルが二になっていた。槍を作っただけでレベルアップするなんて、と思い【全知全能】に確認したところ、俺は職業に就けない代わりに、全スキルの適性があるのでレベルアップがしやすいのだという。しかしレベルアップする度に毎回、この音が頭の中で鳴るかと思うと、少し気が滅入《めい》る。もう少し、俺の気に入る音に変更できないのだろうか？

不満はさておき、普通に生活しているだけでレベルアップなんて完全にチート能力だ。これはエリーヌの言う通り、無職でも問題ないかもしれない。

ステータスを見ると、今のレベルアップでポイントを得ていた。このポイントは、ステータスやスキルに振り分けることで能力を強化できるようだ。一度振り分けると修正できないと言われたので、ひとまずこれは後に取っておいて、落ち着いてから割り振りを考えよう。

工作でもレベルアップできると分かったため、しばらくの間は魔物との接触は避け、ひたすら工作でレベルを上げることにした。

道中で石や枝、それから木の実なんかを拾いながら上流を目指す。すると木々に囲まれた岩場に、人ひとりが入ると少し狭いくらいの穴が開いているのを見つけた。少なくとも雨風は凌《しの》げそうなので、今夜はこの中で眠ることにした。

それからはひたすら武器を作り、小腹が空《す》いてきたら【全知全能】の助けを借りながら木の実を選別して食べた。転移してすぐに毒で死ぬなんてごめんだからな。

そして日が沈もうとした時、肝心なことに気が付いた。

……火がない。

魔物はどうか知らないが、野生動物なら火を恐れるという知識はなんとなくだがある。けれど、肝心の火を熾《おこ》す道具がないのだ。安全のためにも火が欲しい。

ステータスを開いて、レベルを確認する。槍を作りまくったことでレベルが三まで上がっていた。初日にしては、十分な成果だ。そして、この世界で暮らす人間の平均レベル五まで、もう少しだ。

俺は貯まったスキル値を三ポイント使って、火属性魔法の【火球《かきゅう》】を習得する。経験値を増やす恩恵をもらっておいて本当によかった。

魔法なんて初めてなので、ワクワクしながら使ってみる。

魔法の発動方法が分からないので、とりあえず手のひらを見ながら【火球】をイメージする。すると、手のひらにボッとゴルフボール大の火の玉が出て、思わず喜びの声を上げてしまった。それを集めた木に当てると、ちゃんと火がついた。

戦闘で使えるか分からないけど……これで一安心だな。

ＭＰという魔法を発動するための数値が、これだけで三分の二減った。そのせいか、頭がくらくらする感覚がある。とりあえず、今日はもう休んでしまおう。

一人じゃ火の番はできないので、ひとまずたくさんの薪を集めて燃やしておくことにした。夜の内に消えないことを祈るしかない。

こうして俺の異世界初日の夜は、ゆっくりと更《ふ》けていった。

◇◆◇◆◇◆◇◆◇◆◇◆◇◆◇◆◇◆

……朝を迎えた。死んでなくて、本当によかった。疲れていたはずだが、火が消えるかもしれないという恐怖のためか、ほとんど寝つけなかった。そのせいで、今も少し眠い。

ちなみに昨晩、気が付いたことがあった。俺が今着ているこの服、胸元にクローバーの刺繍があるのだが、なんと背中にもデカデカと四葉のクローバーの刺繍が施してあった。

まるで歩く広告塔だ。確かに布教活動は過剰《かじょう》なくらいの宣伝が必要だし、俺から言い出したことなので仕方がない。とりあえず人里に出たら、敢《あ》えて目立つ行動を取り、世間の注目を集めて名前を売ることもありだと考える。

さて今日の課題は、【火球】の使用によるスキルとステータスの強化だ。昨晩のように一発撃ったらMP切れになっていたのでは、戦闘どころではない。

ステータス欄を見ると、HP・MP・攻撃力・防御力・敏捷《びんしょう》力の数値がある。この中でも逃走に重要な敏捷力と、魔法の発動に使われるMPは重点的に上げなければならない。そして余った数値をHPに振るのだ。

本当なら、攻撃力や防御力のような前衛職に必要な数値を上げたいのだが、生き抜くことを前提とすると前に出て戦うのはリスキーだ。

この森でなるべく一人で魔物と戦えるようレベルを上げる予定ではあるが、もしものことを考えて、探索範囲も拠点から五百メートル程度にしておく。

そして準備を終えた俺は、早速森の中へ踏み入っていった。


探索中、水たまりがあったので避けて通ろうとすると、いきなり水たまりが伸びて襲いかかってきた。咄嗟に避けて【全知全能】に問うと、魔物のスライムだと答えてくれた。

「これがスライムか！」

俺の勝手なイメージだが、某ゲームに出てくるような玉葱《たまねぎ》型を想像していた。が、実際のスライムは不定形で、ドロッとした水たまりのようであった。姿は違えど、序盤に出てくる魔物の定番には違いない。流石に今の状態でも倒せるだろうと思い、攻撃を仕掛けてみる。

「おらっ！」

手製の槍で一撃。しかし、ダメージが通っているのか分からない。少しでも近づいて確認しようとすると、体の一部が伸びて攻撃をしてきた。このままだと倒せないな……。

俺は【全知全能】に質問をする。

《物理攻撃が効かないみたいなんだが、槍でスライムを倒す方法はあるか？》

《魔物は核《コア》を破壊することで倒すことができます》

よく見ると、スライムの中に十センチほどの球体が浮いている。これが核なのだと理解した。スライムが近寄ってくる気配はないので、間合いの外から槍で狙い、核をめがけて突く。槍が核に触れると同時に、スライムは溶けて地面に広がり、そのまま動かなくなった。水たまりに小さな石だけが残る。

流石《さすが》にこの水は飲めないとは思うが、核は他に使い道がないかを【全知全能】に確認する。

《魔物の死骸《しがい》、および核はこの世界で素材として換金が可能です》

なるほどな。つまり冒険者たちも、これを売って生活の糧にしたりするわけだ。

人里に出た時を考えてスライムの死骸と核は回収しておくことにした。ところが、死んでもスライムの体は粘度が高く、中の核も取り出しづらい。不用意に触れたことを後悔してしまった。

それでもなんとか回収できないかと大きな葉っぱや腐って中が空洞になった木を使って悪戦苦闘した結果、諦めて放置することになった。べたついた手を見て、無駄な時間を費《つい》やしたと改めて後悔する。

拠点に戻り手を洗っている最中、川の中に魚が泳いでいるのが見えた。どうにか手づかみで獲れないかと思い、川の中へ入る。水の冷たさを感じながら進んでいくと、不意に黒い大きな影が俺を追っているのが見えた。

……もしかして、魔物か？

急いで引き返して川から上がると、ちょうど背後で大きな魚型の魔物が飛び跳ねた。

「うおっ！　あ、危なかった……」

もう少し判断が遅ければ襲われて、最悪死んでいただろう。迂闊《うかつ》にも、水に潜む魔物もいるのを失念していた。

「ここは異世界なんだ……認識を改めないとな……」

どこにでも危険が潜んでいることだけは、絶対に忘れてはならない。

俺は先ほど魔物が跳ねた場所を見ながら、岸に戻るまでに掛かった時間を考えた。安全に行動できる範囲を把握し、実際に川に入って確かめてみる。魔物は、一定の深さしか泳げないらしい。

安全が確認できたら、岸に近い場所で大きな石をUの字に配置する。魚をその中に追い込むことで漁を試《こころ》みた。すると数匹の小魚が獲れる。食べられそうにない大きさの魚は川に戻した。この行為は釣り用語で『リリース』というそうだ。生態系を破壊しないためだと、釣り好きの同僚が言っていたのが印象的だったので覚えていた。この世界の文明は、俺が元いた世界よりも自然に寄り添って生きているだろう。そこへ加わるのだから、自然への感謝を忘れてはいけない。

そして今日も火を熾し、魚と木の実で腹を満たした。

今日起こした様々な行動で、レベルも上がっていた。当初の予定通り、ＭＰと敏捷力、それからＨＰに割り振っていく。これなら、少し強い魔物が相手でも逃げられるだろう。

◇◆◇◆◇◆◇◆◇◆◇◆◇◆◇◆◇◆◇◆

「ふっ！」

手製の槍がホーンラビットの胴を貫く。わずかに痙攣《けいれん》した後、ホーンラビットは動きを止めた。

俺はあくびしつつ、ホーンラビットを槍ごと持ち上げる。

異世界に来てから数日、俺はレベルを八まで上げていた。転移前にエリーヌが言っていた、人間の大人の平均は満たせているし、これで人里に出ても問題ないだろう。無職の件は別問題だが……。

そして、ホーンラビット程度ならスムーズに狩れるようになっていた。能力値が上がったことだけでなく、自分が生きていくために生き物を殺すことへの罪悪感や嫌悪感にも慣れたのが大きい。

だが、森の中は予想外のことも多く、油断したせいで強い魔物と当たり、死にかけることも何度かあった。こんな調子ではいずれ寝込みを襲われて、魔物に食われてもおかしくない。

……相変わらず寝不足続きだ。いくら慣れてきたとは言え、予想だにしない脅威に遭遇することもあるので、安心できないのだ。だが、おかげでこの世界でも生き抜く自信は付いてきた。その源になっているのは間違いなく、二つの取得値補正の恩恵だ。これがあるおかげで面白いくらいにレベルが上がるし、目標までの道もぐっと近く感じる。

ホーンラビットの角を根本で折り、槍の先に括り付けた。頑丈な角は、武器として使うと殺傷《さっしょう》能力が抜群にアップするのだ。するとレベルアップのファンファーレが聞こえた。これでレベル九になった。今まで、貯めておいたポイントを割り振ることにした。

まず火属性魔法の【火弓《かきゅう》】を取得。これは【火球】とは違い、矢の形にした火を飛ばすようだ。

さらに光属性の【光球《こうきゅう》】、風属性の【風球《ふうきゅう》】も取得。前者はライト代わりにできるし、後者は投げつければ高い所の木の実を落とせそうだ。それにしてもこの世界の初級魔法は、大抵が【なんとか球】なんだが、投げることが前提なのだろうか……？

使う予定はないものの、余ったポイントでついでに水属性の【水球《すいきゅう》】も取得する。

そういえば何度か魔法を使って確信したことがある。この世界の魔法は、いわゆる詠唱《えいしょう》が必要ない。『無詠唱魔法』とでも言うのか、魔法発動のイメージを思い浮かべるだけでMPを消費して発動してくれる。よくある長い詠唱や魔法名の発声は、実際の戦闘でそんなことをすれば、致命傷を負うリスクの方が大きいから理に適《かな》っている。それに、知らずに詠唱や魔法名を叫んでいたるところを、人に見られでもしたら恥ずかしい思いをするところだった。事前に分かってよかった。

「ん？　何かいる……」

木々の向こうから、小さな声が聞こえる。隙間から覗くと、緑の肌をした子鬼のような醜い魔物がいた。前にもこの森で見かけたことがある魔物のゴブリンだ。三匹で集まり何やら会話している。

こちらは風下《かざしも》なので気づかれてはいないらしい。慎重に会話が聞こえる程度の位置に移動すると話している内容が分かる。【言語解読】のお陰だろう。

「川の近く……火が見える……」

「美味《うま》そうな匂い……」

「今晩、俺たちで襲おう……」

なるほど、襲撃計画か。って、納得している場合ではない。内容からして間違いなく俺のことを話している!?　知らずに帰って呑気《のんき》に寝ていたら明日の朝日は拝めなかっただろう。とりあえず、不用意に出ては危険なので、ゴブリンたちが立ち去るのをじっと息を潜《ひそ》めて待つ。

見えなくなると、なるだけ足早に拠点まで戻った。戻る途中、ふと、ゴブリンくらいなら準備をすれば倒せるんじゃないか、と思えた。

《【全知全能】、あいつらの今の強さは、ホーンラビットと比べるとどのくらいだ？》

《一個体の戦闘力はおよそ三倍程度です》

ホーンラビットは真っ向からでも簡単に倒せる。その三倍程度なら、もしかすると罠を張ることで倒せるかもしれない！　もし駄目でも、逃走経路をしっかり確保しておけば大丈夫だろう。

拠点に戻った俺は早速、罠を仕掛ける準備を始めた。

まず何かあった時のために残しておいたスキル値で、採掘士《さいくつし》スキルの【掘削《くっさく》】を取得し、拠点の周囲に穴をいくつか掘る。底に槍を突き立て、上から木の枝と落葉をかぶせて落とし穴を作った。

寝床の周辺に深さ三メートル程度の穴を掘り、堀のような形にして、そこにも枝と落ち葉、さらに土をかけて俺以外に分からないようにした。これで、穴に落ちたゴブリンたちを【火球】で一匹ずつ仕留めればいい。

次に退路の確保だ。寝床にしていた穴の上部を【掘削】で、ひとり分の幅の階段状に、できる限り高く掘る。そして、途中に退避所を作成する。完璧ではないが、三匹で来るなら一匹は確実に仕留められるとして、二匹の対処ができればそれでいい。これなら一匹ずつしか相手にしなくて済むし、なんなら三匹とも穴に落ちれば俺の勝利は確実なものとなる。

作業が終わる頃には既に日が沈みかけていた。俺はいつも通りに魚を焼いて待ち構えるとする。

初の複数の魔物との戦闘だ。緊張は抑えきれない。やがて辺りは闇に包まれ、焚き火の火だけが周囲を照らす。待っている時間がとても長く感じる。

もしかして俺の勘違いで、襲撃はないのでは？　……と、ポジティブに考えた瞬間、「パキッ」と遠くで仕掛けて撒いておいた小枝が鳴る音がした。その後「パキパキ」と数回の音が鳴り響き、数匹のゴブリンが俺の方に近づいてきていると想像できた。

やがて音が止《や》む頃、茂みをかき分け、ゴブリンたちが姿を現した。

妙に数が多い気がする。一、二、三……八⁉　って、三匹じゃないのかよ！　俺は心の中で叫んだ。

完全に三匹を想定して罠を張っていたので、死亡フラグが立ったように思えた。

しかも妙に体格のいいゴブリンもいる。あんなのに殴られたらと思うとゾッとする。

ゴブリンたちは状況を確認しているようだ。こうなれば先制あるのみ。

【火球】を一気に四発投げつける。不意を突かれ、避けそびれた一匹に三発が命中、一発は隣の避けた個体に命中した。三発命中したゴブリンは、そのまま倒れて死亡したようだが、一発しか命中しなかったゴブリンには致命傷を与えることはできなかった。

この攻撃が開戦の合図になり、一気に集団が襲いかかってきた。

不測事態に備えてＭＰを温存するため、作っておいた槍を投げて応戦する。ゴブリンたちは一箇所に固まって向かってくるので、適当に投げても槍は外れない。一匹が胴を貫かれて死亡した。

会話していたし、俺の記憶にあるゴブリンは狡猾《こうかつ》で知性のある化け物という感じだったけれど、こいつらはそうは思えない。ところがそう思った瞬間、ゴブリンが二手に分かれた。負傷した三匹を、無事な三匹がサポートしている形だ。手に持った粗末な棍棒や斧らしきものを構え、積極的に攻め込んでこないながらも、ジリジリと包囲を狭めてくる。

あの斧ちょっと欲しいな……なんてことを考えながらゴブリンたちを観察していると、数匹のゴブリンが、何度か焼いている魚の方と、槍製作用に討伐したホーンラビットの死体をチラチラと見ていることに気が付いた。

魔物も普通の動物と変わらない。腐っていない肉が落ちていれば普通に食する。以前も、ホーンラビットの死体を放置していたら魔物が群がっていたことがあった。それ以来、不要な部位は川に流すなどして痕跡を消していたのだが、今は時間がなくて残していた。俺はホーンラビットを掴み、空高く放り投げる。ゴブリンが一斉に上を向いたので、その隙に槍を二本投擲《とうてき》した。ところが一本は命中するも、二本めは弾き落とされ、ゴブリンに奪われてしまった。くそ、こうなるとは……！

槍を奪われたことを激しく後悔しつつ、穴の方へ後退する。同様に距離を詰めてくるゴブリン。

……あと三歩。自然に逃げるように後ろに下がると、一匹が前に出ようとして、ズボッと地面の中に消えた。断末魔《だんまつま》の悲鳴が上がる。恐らく槍に串刺しになったのだろう。

「ヨシ、あと五匹だ！」

落ち葉の中には罠があると分かったのか、一匹が跳び超えようとしたが、それに合わせて槍を投げてやった。槍は見事命中して、ゴブリンは落ち葉の上に落ち、そのまま穴の中で串刺しとなった。

残るは四匹。厄介なことに、最初の四匹よりも明らかに体格のいい個体ばかりだ。もしや比例して知能も上がっているのだろうか？　迂闊に攻め込んではこずに、様子を窺っている。

　そのまま体感で一分ほどにらみ合う。この動き、もしかして誰かの指示を待っている……？

　群れのリーダーがいると仮定して、それぞれの動きを観察してみた。すると一番後ろの無傷の個体が、微妙に他のやつらから庇われているように見えた。俺は試しに槍を、リーダーらしきゴブリンに向かって投げる。すると別のゴブリンが、明らかに槍の攻撃から狙われた個体を庇うかのように飛び出た。槍は弾かれてしまったが、俺は間違いなく奴がリーダーだと確信した。

　指揮官から叩くのが戦術の定石だが、どうすれば……と考える。

　槍も残り三本しかない。まずは、リーダーを叩くよりも、数を減らすことを優先する方が無難《ぶなん》か？

「オォォ～！」

　俺は叫び声を上げると反転して、寝床にしている穴まで走る。

　ゴブリンたちが追ってくるも、俺の思惑《おもわく》通りに、まんまと落とし穴に落ちる。振り向いて四匹とも落ちたのを確認してから穴まで駆け寄り、登ってこない内に上から【火球】を十発撃ち込んだ。

　これで四匹とも死んだだろう。

　戦闘が終わったかと思うと、一気に疲れが出た。とりあえずは、待避所まで移動して休もうとすると、下から何かが動く音がした。

　煙が晴れると、ゴブリンが穴から這い出ようとしているのが見えた。

　何故だ!?　体格がいいやつでも、到底届かない深さのはずだ。奥をよく見ると、リーダーらしき個体が仲間の死体を積み上げて足場にしているのが見えた。さらに、上手く【火球】の直撃もかわしたらしく、致命傷には程遠いようだ。

急いで距離を取る。そもそも小柄な個体を基準に掘った罠だったとはいえ、ゴブリンたちの知能を侮《あなど》っていた。

這い上がってきた個体は、対峙したどのゴブリンよりも大きい。手製の斧を持ち、他のゴブリンより赤く血走った目をしている。怒りが頂点に達しているのか息は荒く、太い腕には血管が浮き出ている。そんな状態ながらも飛びかかってこないのは、知能が高いゆえだろう。

……勝てるだろうか？　一抹の不安が俺の頭を過ぎる。

近くで見ると俺よりずっと強そうに見える。少なくとも俺が不利な状況なのは間違いない。魚やホーンラビットの死体を差し上げるので、このまま帰ってくれないかと甘い考えが浮かんだ。

とりあえず、ホーンラビットの時のように話しかけてみる。

（もう降参して素直《すなお》に退却すれば、これ以上の危害は加えない）

ゴブリンは、ホーンラビットの時と同じように周りを見渡したが、すぐに頭に響く声の主が俺だと分かったようだ。

「お前、殺す！」

そうハッキリ言葉に出して答えた。やはり、知能は相当に高いらしい。

分かってはいたが、仲間を殺されているのだから、何もなしで素直に帰るはずないだろう。

あえて挑発して冷静さを失わせてみるか？　しかし、挑発に乗ってくるかも分からない。

俺はもう一度、自分の戦力を確認する。

槍は残り三本。残りのＭＰでは【火球】【水球】【光球】【風球】のどれか四発と【火弓】一発の発動が限度だろう。落とし穴は半分残っているが、位置はとっくにバレているに違いない。

この状態で最善の策はなんだ。

くそっ！　どうしてこんなことになってしまったんだ……と俺は思う。よく考えれば、アホ女神のせいでこんなハードな転移生活になっているんだよな。生き残ったら文句のひとつも言ってやらないと、この怒りは収まらない。

ん？　そうだ、アホ女神からもらったアイテム！　確か『毒薬』と『痺れ薬』があったはずだ。

……こうなったら、一か八かの勝負に出てみるか！

俺は思いついた策を実行に移すことにした。

まずは『痺れ薬』を二本の槍の先に塗った。そして塗っていない一本をゴブリンに投げる。飛んでくる槍を斧で叩き落としながら、ゴブリンは構わずこちらに向かってきた。

次《つ》いで顔面に向けて【光球】を投げつけると、槍と同じくゴブリンが斧で叩き斬る。すると【光球】が弾け、辺り一面が眩《まばゆ》い光に包まれゴブリンが怯《ひる》んだ。

これでしばらく視力は戻らないだろう。続けて、槍を一本、二本と連続で投げる。

刺さりはしたが致命傷にはなっていない。ゴブリンは右に左に、斧を振り回して威嚇《いかく》している。

視覚を奪われたゴブリンは必死でにおいを嗅ぎ、俺の位置を確認しているようだ。だが、その動きは鈍《にぶ》い。『痺れ薬』が効いているのだろう。

次に俺は【水球】を発動して、ゴブリンの口元に投げつけた。弾け飛ぶことなく口に張り付いた【水球】は、ゴブリンの呼吸を奪う。もがくゴブリンはうっすらと目を開いて、こちらを見ている。

思ったより回復が早い。

【水球】の効果が切れる前にもう一つ【水球】を発動し、中に『毒薬』を混ぜる。

先に発動していた【水球】が消え、ゴブリンは口を開けて肩で大きく息をしている。そこに、毒薬入りの【水球】を直撃させた。毒が体内に入ったのを感じたのか、もがき苦しむゴブリン。さらにダメ押しで【火弓】を撃ち込みダメージを与えた。

MPがほとんど底をつき、激しい頭痛と吐き気に襲われる。しかし、ここで気を失うわけにはいかない。拾った残り一本の槍に『毒薬』を塗ってゴブリンに投げ突き刺した。これで仕留められなければ、意識を失って俺が負ける。

徐々に力を失っていくゴブリン。ホーンラビットと違い、言葉が通じる生き物に直接手を下そうとしているのに、平然と見ていられる自分に素直に驚く。しかし、これがこの世界で生きていくということなのだろう。そしてしばらくすると、ゴブリンが膝をつき、前のめりに倒れこんだ。

次の瞬間、頭の中でレベルアップのファンファーレが連続で鳴った。どうやらゴブリンが死んだようだ。これで戦闘終了だ……。

辺り一面、焼け焦げた臭いと血の臭いが混ざり、独特な不快感があった。

もしかしたら他の魔物を引き寄せる可能性もある。すぐに移動することも考えたが、俺自身も血の臭いがしているし、真夜中の森は昼に比べて危険度も上がっている。

ひとまずゴブリンたちの核を回収し、やみくもに移動することはせず、寝床の奥の待避所に籠ることにした。せめて入口を土で塞いでおこうとするも、MP切れの症状は重く思うように体が動か

ない。なんとか入口が分からない程度まで隠してから、這々《ほうほう》の体で待避所に上がると、気が緩んだのか意識が遠のいていった。

◇◆◇◆◇◆◇◆◇◆◇◆◇◆◇◆◇◆◇◆

目を覚まし、しばらくしてから、昨夜のゴブリンとの戦闘を思い出して、慌てて周囲の状況に変わりがないかを確認する。

……よかった、生きてる！

俺は心の底から喜んだ。体を起こそうとすると、首筋に痛みが走った。寝ている間に虫にでも刺されたのか、ゴブリンとの戦闘で知らぬ間に怪我でもしたのだろうか？　とりあえず、ステータスを開いてみるも、異常があるわけではなかった。

ただ、ＭＰは全て回復していたものの、ＨＰは全快の半分程度しか回復していない。

昨日は準備してすぐに戦いになり、食事を取っていなかった影響かも知れない。

目標に設定した一ヶ月まで、あとどのくらいだろうか。当然カレンダーなんてないので、夜を過ごした回数で判断するしかない。

そうだ、【全知全能】は使えないだろうか。そう期待して質問をしてみる。

《【全知全能】、今日で何日目だ？》

《……》

【全知全能】から回答が無い。
《どうして、俺の質問に対して回答をしない》
《曖昧《あいまい》な質問にはお答えできません》
《曖昧な質問……。つまり主語述語ハッキリした内容でなければ回答はできないということか？》
《はい、その通りです》
仮にも【全知全能】という名称なので、なんでも簡単に答えてくれるかと思ったが違うようだ。
確かに俺の質問は主語が曖昧だった。これでは「何が何日目なのか」、無数に答えが存在してしまう。究極、エクシズが誕生してからの日数にも捉えられる。人間同士の会話ならニュアンスでも理解できるが、【全知全能】はその辺りの融通は利かないようだ。俺は質問を変える。
《【全知全能】、今日は俺が異世界に転移してから、何日目か教えてくれ》
《エクシズ時間で六日目です》
今度は明確に答えが返ってきた。質問には気を付けなければ、と思った。
カレンダーの役割として【全知全能】の機能に問題がないことは分かった。それにしても、まだ一週間と経っていなかったのか……。当初の目的は一ヶ月と定めていたが、昨夜のような強敵を相手にできる程度には戦い方も分かってきたので、森を出るまで二週間に縮めることにしよう。
そしてそれまでに、取得しておきたいスキルがいくつかある。
まずは【アイテムボックス】のレベル上げ。現状はレベル二なのだが、レベル一だと直径五センチくらいの入口しかなく、小物を入れても手が入らないので取り出すのが一苦労だった。レベル二だと拳くらいになるのだが、これは腕が入る程度にはしておきたい。ちなみにレベルを上げても性能自体は変わらず、レベル一の段階から収納数は無限、中に入れた物の時間経過や温度の変化もなかった。生物が入れられないのも変わらない。必要なスキル値は高いものの、優先順位は上だ。

次に【料理】だ。この辺りは動物が少なく調味料もないため、今の俺は木の実を主食として、魚や小さな動物を食べているが、味気《あじけ》ない。まともな道具もないので肉を捌《さば》くのにも苦労する。料理属性には【解体】があるので、早々《そうそう》に取得しておきたい。

そして神聖系魔法の【治癒】スキル。一度だけ食べ物に当たったのか、腹痛になったことがあった。その時はなんとか自然治癒したものの、元の世界にあったような便利な薬もないし詰む可能性もある。HPを回復して疲労をなくす【回復】も含め、神聖系魔法のスキルは必要だと思えた。しかし聖なる神の力とは……この場合の神とは、エリーヌなのだろうか？　と首をひねった。

それと人里に出た際に必要だと思うのが、アイテムの価値を見極める【鑑定眼《かんていがん》】、商談や説得に使える【交渉】、世界中の地理が分かる【世界地図】、罠や魔物の気配を探知する【危険探知】だ。

もしかしたら、【全知全能】で事足りるのかも知れないが、専門スキルの方が使い勝手がいいと思っている。下手に曖昧な質問して、無視されたらテンションも下がるしな……。

そして【攻撃力】【防御力】もそこそこに上げ、さらに【敏捷力】を高めてなるべく強い魔物との交戦は避ける。この方針でレベル上げに励むことにした。

第二話　腹黒女神？　それとも、ポンコツ女神!?

皮肉なことに、現代日本より原始的な暮らしをしているおかげで、俺の生活は劇的に『普通』に近づいていた。朝日と共に目を覚まして、夜が深くなる前に寝る。これはまさに、前世で理想としていた規則正しい生活だ！

しかも目標を立ててからの俺は毎日、少しずつ強くなっている。可視化されたステータスのおかげでモチベーションを高く保《たも》てるし、早期に取得した【鑑定眼】と【危険探知】は早くもレベル三まで上がっていた。

【危険探知】は当然ながら、【鑑定眼】も森で生活する上でとても重要だと気づき、優先的にレベルを上げておいたのだ。【危険探知】で魔物の位置を確認して隠れ、【鑑定眼】で魔物のステータスを見る。勝てそうなら戦うし、勝てそうでなければ戦闘を回避する。

これなら危険度は最低で、効率よく魔物を狩れた。

それはそうと、スキルについて気になることがある。どうも、森に生息している魔物の種類に比べて、俺が習得しているスキルが少ない気がするのだ。恩恵の【全スキル習得】のおかげで、これまで森で見た魔物のスキルは全部習得できているはずなのだが……。

とりあえず、久しぶりにエリーヌに連絡を取る。

（はいは～い！）

コールするとすぐに出た。緊張感のない返事だ。

（どう、順調に異世界生活を満喫《まんきつ》してる？）

（……あのな、魔物に囲まれた森の中で、満喫できると本気で思っているのか！）

エリーヌの軽い感じが、俺を不快な気持ちにさせる。

（あはは、ゴメンね）

エリーヌはどこ吹く風といった調子で流した。こいつには何を言っても無駄だろう、と諦めた。最初に本性を暴いてなかったら、理想的な女神の性格のままだったのだろうか？　いや、こいつのことだ。すぐにボロを出していたに違いない。

（聞きたいことがある。恩恵があるのに、魔物系スキルをほとんど習得してないんだが、何故だ？）

（あっ、それなんだけど、討伐した魔物のスキルしか『スキル習得』できないよ。普段は魔物から逃げまくってるんでしょ？　だから、少ないんだよ！）

（……そんな説明は一度も聞いていないぞ）

言われてみれば確かに、【突進】や【姑息《こそく》】、【筋力向上】といったスキルは、これまで倒してきたゴブリンや、ホーンラビットが持っていたものだ。他の魔物は倒していないせいか習得していない。だが、魔法なんかは全てスキル値で習得できるよう表示されている。

（お前は確か、他種族のものも全て習得できるようにすると言っていたよな）

（そうだっけ？　まぁ、解釈の違いというやつだね～。習得はできるから嘘じゃないでしょ？）

エリーヌはどこか嫌味ったらしい言葉を返してくる。まさかこいつ、俺の強引な交渉の腹いせに、こっそりと仕返しをしていたのか!?

(今頃気が付くなんて、タクトも案外、間抜けだね)

確かに気づくのが遅れたのは俺の落ち度だが、どうしてエリーヌに間抜け呼ばわりされないといけないのか。沸々《ふつふつ》と怒りがこみ上げた俺は、エリーヌに言い返した。

(お前が腹黒《はらぐろ》だということはよーく分かった。……そうだな、俺も今後は『腹黒女神エリーヌ』を広めることにする！)

(えっ!?　い、いや、それはちょっと……)

エリーヌが急に慌て始めた。姿が見えなくても、口調でよく分かる。

(まともに転移させず、恩恵にこっそり手を加えるような奴にはこれ以上ないくらい相応しい称号だろ？　お前は今日から『腹黒女神エリーヌ』だ。喜ぶといい、きっと二つ名も『腹黒女神』になるだろうな。いやあ、楽しみだ！　いっそう、布教活動にも力が入る！)

(ぜっ、絶対に、いやあ～!!)

エリーヌの悲鳴を聞き流しながら、【神との対話】を切った。命懸けの使命に悪巧みを持ち込んで、足引っ張るような奴は報いを受けろ！　と思う。まあ、本気で怒っているわけではないのだが……。

二つ名は信仰する人たちの意識で決まる。広める俺の匙《さじ》加減で、どうにでもなることをエリーヌは思い知っただろう。

調子に乗りやすいエリーヌは、早めに頭を押さえておかないと取り返しの付かないことをしでかしそうだからな。負い目を感じてもらうためにも、少々厳しめに怒ったフリをした。まるで、仕事覚えたての社会人一年生を相手にしているような感覚だ。

すぐにエリーヌから折り返しの連絡が入ってきた。

(なんだ?)

(ごめんなさい。恩恵に関しては、ちょっとした仕返しのつもりだったの! そこまで怒ると思ってなかったから……ねえ、どうしたら許してくれる?)

(そうだな。それじゃあ、今のお前は俺に何ができるかを教えろ)

意図していなかった流れだが、神がどこまで世界に干渉できるのか、それを知るのに、いい機会だと思った。エリーヌはしばし無言になり、そして一言、

(……何もできません)

と答えた。

(では残念ですが、あなたは『腹黒女神』として広まるということで)

予想通りといえば予想通りの答えだが、俺は冷たくそう言い放った。するとエリーヌは縋《すが》るように言ってきた。

(お願いします! 少し考えますので時間をください!)

おっ! 丁寧《ていねい》な言葉使いになった。よほど『腹黒女神』の二つ名がイヤなのだろう。

(じゃあ、一時間やるからちゃんと考えろ。一秒でも過ぎたら『腹黒女神』だからな!)

（は、はい！）

【神との対話】を切った俺は、エリーヌがどう行動するのか待つことにした。

そして小一時間後。

（遅くなりました！）

『腹黒女神エリーヌ』が連絡してきた。

（時間には間に合ったな。さて、俺を納得させるような回答を期待していいんだよな？）

（納得できるかは分からないけど……神の眷属《けんぞく》をタクトに同行させます！）

（眷属？）

エリーヌの話によれば、神は就任した世界で、高位の生き物を眷属として仕えさせるそうだ。エリーヌはまだ就任したばかりで眷属も一匹だけとのことだが、それを俺のお供として付けてくれるらしい。神の眷属……能力は分からないが、それなりに強いのではと期待する。何よりこれからのことを考えると、俺の使命を知っている仲間がいるというのは心強かった。

厳しく叱った後なので、俺は優しい声音《こわね》でエリーヌに返した。

（お前の誠意は伝わった。俺も鬼じゃないから、その提案で今回の件は許してやる）

（ありがとう〜！）

エリーヌは心底ホッとしたような声を上げた。『腹黒女神』なんて二つ名、就任早々に付けられるのは絶対に阻止したかったのだろう。

（じゃあ、眷属の子に連絡して、タクトの所に行ってもらうね！）

（あ、ちょっ！　せめて特徴とか……）

俺の話も聞かず、エリーヌは一方的に【神との対話】を打ち切った。眷属を送ると言われても、俺はそれがどんな生物なのかすら知らないのだ。そもそもこの世界にいる生き物ということは、会うのにも時間が掛かるんじゃないのか？　こんな方向感覚を狂わすような森のど真ん中まで、来てくれるのだろうか。本来、美人な女神と話せるなんて心が癒されたっていいはずなのに、あいつの態度のせいで逆にストレスが溜まる。

しばらく待っていると、急に「お待たせしました」と声を掛けられた。

顔を上げると、目の前に背中から尻尾の根元辺りまで、ピンクの一本線が入った、二本の尾を持った白い猫が目の前にいた。いつからそこにいたのだろうか？　まったく気配や物音がしなかった。

戦闘態勢ではないことは見た感じからも分かる。それに、丁寧な言葉を喋っている。白猫は「はじめまして」と頭を下げた。

「エリーヌ様のご指示により、これよりお供させていただきます」

呆気に取られている俺に、白猫は自己紹介する。

……エリーヌ様？　じゃあ、この猫がエリーヌの眷属ってことか！

主のはずのエリーヌよりも、しっかりしている気がする。いや、待てよ。エリーヌも最初は、先輩に言われたとかでこんな感じだった。すぐにボロを出すに違いない。なんてったって、エリーヌの眷属だぞ！　出来がいいわけがない！

「タクト様、大丈夫ですか？」

……タクト様！

エクシズに来て、初めて名前を呼ばれた。思っていた以上に感激だ！　エクシズでは魔物としか話をしてないから、予想以上に『人恋しく』なっているのだと実感した。

「これから、よろしくお願いいたします」

白猫は再度、丁寧に頭を下げた。その態度は付け焼き刃のものではないのだろう。俺は完全に白猫を信頼し、笑顔で返した。

「色々と大変だと思うけど、こちらこそよろしくな！」

……あれ？

思っていた言葉と、発した言葉が違う気がするのだ。俺は今、「色々と大変だとは思いますが、こちらこそよろしくお願いいたします」と丁寧に返そうとした。

気を取り直してもう一度。

「あっ、ごめん。なんか言葉が変だったけど、改めてよろしく！」

今度は「すみません、言葉が変になってしまいましたが、改めてよろしくお願いいたします」と言おうとしたはずなのに、やたらフランクな言葉が口をついて出た。

……おかしい。

《【全知全能】、考えてる言葉と実際に口に出す言葉が一致しない。何が起きてる？》

《【呪詛《じゅそ》：言語制限】を確認。タクト様の発する言葉に制限と変換がなされます》

呪詛だって!?　呪詛とは、呪いという意味のはず。まさか魔物との戦いで、知らない間に掛けられていたのか？　森で戦ったやつに、そんなスキルを持った魔物はいなかったはずだが……。

《【呪詛：言語制限】が発動した時期と、呪詛を施した相手を教えてくれ》

《呪詛の発動時期はエクシズの転移と同時。呪詛を施したのは女神エリーヌです》

淡々とした回答に、俺は愕然とした。呪いを掛けたのはエリーヌ。しかも、転移と同時に呪詛は発動されてた……。一体、どういうことだ！　あの腹黒女神、他にも俺への嫌がらせを隠してやがった！　さすがに今回は本気の怒りが湧いてきた。殺意に近いと言ってもいいレベルだ。

「ちょっと、待っていてくれ」

白猫に声をかけ、速攻で腹黒女神と対話を繋ぐ。

（はいは～い）

さっきの会話はなかったかのような、お気楽な受け答えだ。俺は青筋を立てながら怒鳴りつける。

（おい、呪いってなんだ!?）

（なんのこと？）

エリーヌは完全に呆けていた。今度は揶揄《からか》いや、惚けているわけではないらしい。

（お前に【呪詛：言語制限】という呪いをかけられているんだ。それについて、説明しろ！）

（はっ？　何言ってるの？　いくら私でも、そんなことをするわけないじゃない）

（御託《ごたく》はいいから、すぐに確認しろ！）

（はいはい、ちょっと待っていてよね）

俺の体が一瞬発光した。

（……あれ？　なんでだろう、おかしいな？）

（早く説明しろ！）

（私もよく分からないんだけど、確かに私が呪詛を施したことになっているね……）

……腹黒だけじゃなく、ポンコツ女神か、こいつは！

（思い当たる節はないのか？）

（あるわけないじゃん。大体呪詛って、相手に対してなにかしら『施術』や『儀式』しないとかけられないもん。……あっ！）

エリーヌはしまった、とでも言うような声を出した。

（おい、いま何か思い出しただろ）

俺の問いに、エリーヌはおずおずと返してくる。

（……あのね、タクトがエクシズに転移する時、光の中を通ったよね）

（あぁ、そうしないと転移できなかっただろ？）

（その時に私、『タクトがみんなと友達のように気安く話せますように』ってお祈りをしたのね）

（それが何か関係しているのか？　お前、『みんなが友達のような世界にしたい』って言っていたよな。別におかしなことはないだろう）

（それでその時の私の祈りが、『タクトはみんなと友達のように気安く話さなければならない』って呪詛になったみたい……）

は？　いや、意味が分からん。祈りが呪詛にって、何を言っているんだ？

俺が無言で固まっていると、エリーヌは気まずさを誤魔化《ごまか》すように大声で叫ぶ。

（結論を言うと、私のせいでタクトは、友達みたいなフランクな口調での会話はできても、敬語とか丁寧語での会話ができなくなったってこと！）

予想の斜め上をいく回答だった。まだ悪戯《いたずら》だと言われた方が可愛げがある。まさか、転移だけでなく、こんな根本的な所でもドジっているとは……。

敬語を喋ることができない。これは些細《ささい》なことだが、デメリットが大きすぎる。俺はこれから初対面の相手に未知の神を信仰してもらう活動をしないといけない。当然、その過程で各自治体の長のような偉い人物とも交渉しなければならない場面があるかもしれない。それなのに敬語も使えないなんて、ただの礼儀知らずの小僧にしか見てもらえないだろう。ただでさえ無職なのに……。

（タクト、聞こえてる……？）

恐る恐ると言った感じで話しかけてきたエリーヌに、俺は苛立ちをぶつけた。

（聞こえていますよ、『ポンコツ女神』様！）

（ちょっと、ポンコツって酷くない!?）

（ポンコツにポンコツと言って何が悪い。よりにもよって使徒に呪詛を施す神がいるか！）

（それは、もののはずみというか……）

（もののはずみで、呪詛施された身にもなってみろ！）

（……すいません）

（とりあえずなんとかしろ）

（えっ！　で、でもこれ以上の干渉は規約違反でぇ……）

（規約違反だろうがなんだろうが、使命に差し支《つか》えるんだからどうにかしろ！　お前で駄目なら、もっと偉い神を連れて来てでもなんとかしろ！）

（えっ、あの、その……）

（早くしろ!!）

（は、はいっ！）

そして、【神との対話】を繋いだまま三十分以上待たされる。もし周囲の時間が動いていれば、立ったまま寝てると思われてもしょうがない有様だ。

（お待たせしました）

繋がったかと思ったら、エリーヌと違う女性の声がした。彼女はモクレンという、エリーヌの上司にあたる中級神らしい。

（タクト、エリーヌがとんでもないことしたみたいで、ごめんなさいね）

（あの、言葉遣いだけでもなんとかなりませんか？）

【神との対話】の中では敬語が使える。が、エクシズで言葉を発しようと思うと、相手が誰であれ気安く、ともすれば無礼な物言いに変換されてしまう。ちなみに、これからはエリーヌなんぞに敬語を使ってやらないと決意したので、この縛りもほとんど無意味だ。

モクレンはすぐに、申し訳なさそうな声音で言った。

（ごめんなさいね。これぱっかりはどうしようもできません。酷な話だけれど、呪詛というのはそれほど強力な制約があるのです）

モクレンの話によれば、呪詛は必ず、解除方法とセットで施されるものなのだという。それは当然だろう。解除方法がないのであれば、たとえば『呪術師』のような者がいれば、呪詛掛け放題になり、無敵になってしまう。ところが今回のケースは特殊なものだ。

（本人が呪詛を施したことを意識していないのでは、解除方法は分かりません。もちろん無意識でも解除方法は存在するので、エリーヌも思い出せるよう努力はしているようなのですけど……）

……あのポンコツではなく、きちんとした神なら、なんとかしてくれると期待していた分、落ち込みは激しい。

（申し訳ないけれども、あなたには現状で頑張ってもらうしかないのです）

（無職で敬語が喋れないって、生活していくのに厳しくないですか……？）

（そうですね。確かに、通常の生活はかなり困難かと思います）

この対話の場にはエリーヌはいないようだ。さっきの催促から、一度も声を聞いていない。……絶対にあいつは思い出す努力なんかしていないと、俺は直感する。そして、その直感に絶対的な自信を持っていた。

（状況は分かりました。その呪詛を施した本人は今、どこにいますか？）

（あなたのために別室に籠ると言って出ていきましたが……）

（モクレン様、内緒でその部屋を覗いていただけますか？　そしてその状況を私にも見せていただけませんか？）

（はい、構いませんよ）

モクレンが了承の返事をしたと同時に瞼《まぶた》の裏に映像が流れた。別室での様子を監視カメラのように映しているようだ。俺の予想通りだった。エリーヌは寝転んで菓子を食べながら、雑誌など読んでいる。あいつが俺のために、何か真剣にやってくれることなど絶対にないという予感は的中した。

文句を言おうと思った瞬間、急に映像が乱れてノイズが流れた。

しばらくすると、映像が回復する。先ほどの部屋とは違う場所でエリーヌと、もう一人の女性が映し出された。たぶんもう一人の女性は、モクレンだと思われる。

（お見苦しいところを、申し訳ありません）

焦るモクレンの横で、しこたま叱られたのかエリーヌが意気消沈《いきしょうちん》している。いい気味だ。

（とりあえずあなたには、このまま続けていただくしかありません。私からも無理を承知でお願いします。今後できる限り、エリーヌのフォローはいたしますので……）

異世界生活のハードルが上がりすぎだ。社会に適合する最低条件は上手に人間関係を築くこと。そしてそのためには、よい印象づけが必須となる。敬語も使えないようではマイナスからのスタートと同義。難易度は格段に跳ね上がる。

さすがにこれは詰んだかもしれない。もはや暗い未来しか想像することができなかった。

（今からでも、この世界を管理する神を、モクレン様に変更できませんか？）

（ちょっとタクト！　それは酷くない!?）

エリーヌが、大声で反論してきた。俺は無視してモクレンと話を続ける。

（これ以上そこのポンコツに振り回されるのはごめんなので、優秀な神様に仕えさせていただきたいのです）

（またポンコツって！）

エリーヌが怒っているが、そんなのは関係ない。ところがモクレンは静かに首を横に振った。

（残念ですが、それはできません。担当神を変えることは容易《たやす》くはありませんし、引き続きエリーヌの布教をお願いいたします。それに……）

モクレンは微笑む。心なしか、少し怖い。

（転移の際、あなたも上手に恩恵を手に入れていますよね。本来であれば与えることすら許されていないものは、世界のためにも取り上げてしまわなければならないのですが）

……もしかして、俺は脅されているのだろうか？

エリーヌも目線を下に向けて、気まずそうにしている。

（私は忘れっぽいので、すぐに忘れてしまいますけど、何かの拍子に思い出してしまうかもしれません）

にっこりと微笑みながら話すモクレンに、何も言えなかった。下手に反論でもすれば、苦労してエリーヌから得た恩恵を取り上げられるだろう。そうなれば、異世界生活のハードルがさらに上がってしまう。なんとしても、それだけは阻止しなければならない。

（分かりました！　中級神であるモクレン様にまで、迷惑を掛けるつもりはありません。現状でなんとか頑張ってみます）

（分かっていただけたのですね）

人を殺せる笑顔ってこういうものなのだと、初めて俺は思った。

落ち込んでいる俺に対して、エリーヌが嬉しそうな声を上げた。

（さすが、タクト！　物分かりいいね）

いや、お前が言うなよ！　と、文句を言いたかったが、そんな気力も俺には残っていなかった。

代わりに、モクレンは恐ろしい笑顔のままでエリーヌに向き直る。

（エリーヌは後で、私の部屋に来て頂戴ね！）

（はっ、はい！）

ざまあみろ！　胃に穴が開くまで説教されろ！　と、心の中で叫ぶ。

（わざわざ、お越し頂いてありがとうございました）

モクレンに礼を言って【神との対話】を切ろうとした時だった。

（とはいえ、これでは神に対して納得できず、不信感が残ったままですよね。神の信仰を広める使徒がそんな調子では、使命にも差し支えが出るでしょう。そこで一つ、私からの提案なのですが）

納得なんて到底できるものでもないが、提案というのは気になった。

（エリーヌからの報告を聞く限り、彼女の眷属をお供にしましたよね？）

（はい、先ほどの白猫ですね）

（お詫びと言ってはなんですが、前任者のガルプの眷属がまだ三匹、そちらの世界に残っています。そのうちの一匹をお供に付けさせます）

もう一匹の眷属か。白猫の次は黒犬か？　まぁなんでもいいが、断る理由もないのでありがたく受け取っておくことにした。再度、礼を言って頭を下げると、モクレンは笑顔で手を振りながら「頑張ってくださいね」と激励してくれた。

さすが、中間管理職。『アメとムチ』の使い方を心得ている。

映像が切れたので目を開けると、白猫が心配そうに声を掛けてきた。

「長くお話しされておられましたが、大丈夫ですか？」

「心配してくれてるのか、ありがとな。ん？　俺が何をしてたか分かるのか？」

「はい。エリーヌ様と会話をされていたのですよね。周囲の時間が止まっていたので、そうだと思いましたが、違いましたか？」

「いいや、合っている」

神の眷属は時間停止の影響を受けないようだ。流石は、眷属に選ばれただけはあると感心する。

とりあえずは、ガルプの眷属と合流してから、これからのことを考えよう。

それにしても、俺の思い描いていた異世界生活とは全く違う展開だ。この現実を受け入れて、立ち直るのにどれくらいかかることやら……。

◇◆◇◆◇◆◇◆◇◆◇◆◇◆◇◆◇◆◇◆

しばし、森の中で白猫と共にボーッと待っていると、上空から翼をはためかせる音が聞こえてきた。てっきり黒犬でも来るのかと思って地面を見ていた俺は面食らい、上を見上げる。

近くの岩に降り立ったのは、黒い三つ眼の鴉《からす》だった。

普通の鴉より精悍《せいかん》な顔つきをしていて、額にはもう一つの眼が開いている。

「モクレン様から連絡を受けて参りました。これよりタクト様のお供をいたします」

鴉は丁寧な言葉遣いで挨拶し、器用に羽を広げて頭を下げる。話を聞く限りガルプはろくでもない奴だったようだけど、眷属はやけに物腰が丁寧だ。主人とは似ても似つかないのが普通なのだろうか？　何より、敬語がきちんと使えるのは、今の俺には羨ましくて仕方ない。

「よろしく！」

一方で俺は、やはり敬語が使えない。鴉の頭を撫でてから問いかけた。

「そういえば二匹とも、名前は？」

一緒に旅をするのだ、「猫」「鴉」と呼ぶわけにもいかない。ところが、二匹とも「ありません」と答えた。さすがに不便だし、何より、これから行動を共にする仲間なので、親しみを込めて呼びたいと思っている。

「それじゃあ、俺が名前を付けていいか？」

「私たちは別に構いませんが、タクト様はよろしいのですか？」

「そうです。名前を与えるなど、問題はありませんか？」

二匹とも何故か焦っていた。名付けをすることくらい、別に気軽なものだと思うのだが、エクシズではそういう習慣がないのだろうか？

「あぁ、別にいいよ」

白猫を「シロ」、鴉を「クロ」と名付ける。安易なネーミングだが、ピンときた名前だ。

そういえばよく、ネーミングセンスゼロだと揶揄《からか》われたことを思い出す。

過去を思い出していると、急に二匹の体が光った。俺は何が起こったのか分からず、反応もできなかった。そして光がやむと、二匹とも微妙に変化があった。

「私、シロは、タクト様に全身全霊をかけて一生奉仕することを、ここに誓います」

「我、クロは、この瞬間よりタクト様を主とし、頂いた名に恥じぬよう尽くさせて頂きます」

二匹とも、突然畏《かしこ》まったことを言い出した。主だとか奉仕だとか、名前を付けただけで何を言っているのだろうか？　あまりに呆けているように見えたのか、クロは心配そうに声をかけてきた。

「主、大丈夫ですか？」

クロは体が一回り大きくなって見える。脚にも細長いリングが付いていて、伝書鳩のようだと思った。シロは体に変化はないものの、耳にピアスのような小さいリングが付いていた。

どちらもさっきまでは存在しなかった物なのに、俺が名前を付けたことで表れたのだろうか？

「ごめん、その主っていうの、よく分からないんで説明してくれるか？」

「承知いたしました」

クロは、自分たち魔物と、名付けの関係性について説明をしてくれた。

俺はまったくの軽い気持ちだったのだが、魔物に名前を付けるということは、生涯主従関係を結ぶということになるそうだ。ただし、主と従者で信頼関係が築けていることが前提となるらしい。

そのため俺が森の魔物を適当な名前で呼んでも、それは名付けたことにはならないのだという。

名付けられた魔物は『ネーム付き』と呼ばれ、主従の証として身体に何かしらの変化が出るそうだ。それが、体が大きくなったりリングが付いたりということなのだろう。

本来であれば神の眷属は、使徒のお目付け役のようなもので、こうして現れて直接のやり取りをすることもほとんどないらしい。だから信頼関係を築くこともあり得ないようだ。ネーム付きになると、神ではなく俺との主従関係の方が優先される。ただ、魔物と主従関係を結ぶというのは、社会的にはあまり受け入れられていないようで、地域によっては忌避《きひ》されるようなものであるらしい。

「なるほど！　そんな重要な意味があると思っていなかった。二匹とも焦っていた理由は、こういうことか」

そうした理由があって、純粋に俺を心配してくれていたようだ。

仕えている神とは逆に、本当にいい奴らだと、出会って間もないが思ってしまった。

「そうなると、神との関係に割り込んだ形になるよな。もしかして、余計なことしたのか？」

「いえ、ネーム付きになることは、魔物にとってはとても幸運なことなのですよ！」

「そうです。主となるような方との出会いがないまま、一生を終える魔物がほとんどです」

二匹は心から俺を気遣って言葉をかけてくれた。

もしや仕えている神がクズであったり、ポンコツだと優秀な眷族が生まれるのだろうか？

「私たちはともかく、タクト様にご負担がないか少々不安がありまして……」

「心配するなって、俺は神の使徒だから、気にせずに付いてこい」

不安にさせては、主として失格だ。何よりも俺を慕ってくれた奴は、必ず俺が守る。

「シロ、クロ。これからもよろしくな！」

新たな仲間を得たことで、これからの旅が楽しくなる予感がした。

◇◆◇◆◇◆◇◆◇◆◇◆◇◆◇◆◇◆◇◆◇◆

クロとシロのおかげで、生活が随分と楽になった。

まず戦闘は、フォーメーションを組むことで、より効率的に行えるようになった。さすが二匹とも神の眷属なだけあって、非常に頼もしい。クロが俺では届かない高い所の物を取ってきてくれるので、食事の幅も広がった。夜も交代で見張りができるため、安心して熟睡することができる。

何より、話し相手がいると言うことが、俺の心の健康を保っていた。社畜時代は誰とも会話せずに働きづめでもいいと思っていたが、誰かと穏やかに会話できる時間は、こんなにもいいものなのか、と実感した。

そんなある時、俺は拠点でクロの帰りを待っていた。そろそろ奥へ進んでさらなるレベルアップを果たすため、拠点を変えようと思ったのだ。

そこで、クロに空から目ぼしい場所を探してもらっていた。

帰ってきたクロは、早速成果を報告してくれる。

「森の中央部に、異常に大きい魔力を持った大樹があります」

クロの報告に、俺は質問で返した。

「魔力ってことは、魔物が集まっているのか？」

「いいえ、違います。豊かな自然があり、それを目当てに動物が集まっております」

よく分かっていない俺のために、クロが説明してくれた。俺の中で魔力イコール魔物のものという概念があったからだ。

通常、魔力の濃い場所には魔物が集まり、それを警戒した野生動物たちは集まってくることはないそうだ。しかし、今回クロが見つけてくれた場所は、魔力があるけど、動物が集まっているとのことだ。一体、どういうことなのだろうか？

「もしかしてゴブリンか？　あれだけ知能のある魔物なら、家畜《かちく》の飼育をしていたっておかしくはない。もしくは動物を従える力を持った魔物がいる、とか？」

「ゴブリンやオークの集落は別の場所になります。向こうの山には、ドラゴンの住処《すみか》がありますが、山から下りてくることはありませんので、森の異変とは無関係かと思われます」

……クロはサラッと話したけど、この森ってゴブリンだけじゃなく、オークの集落もあるようだ。しかも、ドラゴンまでいるらしい。向こうに見える山には、絶対に近づかないでおこうと誓う。

「とりあえず、その大樹まで行ってみるか。クロ、案内を頼む」

「承知いたしました」

俺はシロを抱え、クロの案内で大樹へ向かう。【危険探知】で周囲を確認しつつ進んでいるので、魔物との遭遇はない。また、クロから見て危険そうな状況があれば、迂回《うかい》してもらうようにした。

しばらく行くと、クロが空中で止まり、こちらに振り向き合図を送った。

どうやら、目的地の大樹に到着したようだ。

木々を抜けて大樹を前にして、俺は驚きに声を漏らした。そこは、空から光が差し込み動物たちがめいめいに休憩をしている、穏やかな楽園のような場所だった。

俺の背後に広がる森とは、まるで別の世界のもののように感じる。

「こんな場所があったんだな！　とても魔物が住んでる森の一部とは思えないな……」

ここなら拠点に申し分ない。クロが肩に留まって羽を休めるので、俺は笑顔でお礼を言った。

「クロ、ありがとう！」

「ありがたきお言葉」

ただ、これほどまでにいい場所だけに、魔力が大きいことが腑に落ちなかった。

俺が見落としているだけで、危険が潜んでいるかもしれない。周囲を見回していた時だった。

「タクト様」

シロの耳がピクッと動き、何かに警戒したような声を発する。クロも同様、シロと同じ方向に視線を固定していた。俺の【危険探知】には、何も反応がない。動物たちが逃げ出す様子もない……

一体、何がいるというのだろうか。

「ここに人間が来るのは、いつぶりですかね？」

少しして、奥の大樹の陰から女性が現れた。シロもクロも明らかに彼女に対して警戒している！

「……何者だ！」

警戒対象ということは、敵の可能性が高い。いつでも戦えるように、シロを地面に下ろした。

「安心してください。危害を加えるつもりはありません」

彼女は両手を上にして、無抵抗だとアピールをする。流暢《りゅうちょう》に会話でき、人間の女性の姿をしているが、なんというか自然そのものといった風な格好をしており、魔物であることは明白だった。

【鑑定眼】を使うと、ステータスの種族名は『樹精霊《ドライアド》』となっていた。

ドライアドと言えば、ファンタジーではおなじみの木の魔物だ。美女に化けて誘い込んだ人間を捕らえ、自身が宿る樹の養分にしたりする、という浅い知識がある。

「それで、騙しているつもりか？　近づいた瞬間に襲ってくるんだろ！」

「いいえ、神の眷属を従えている貴方《あなた》を襲うほど、私は愚かではありません」

ドライアドは、シロとクロを横目で見ながら話す。

何故、眷属を知っている？　俺が疑惑の表情で反応すると、ドライアドは話を続けた。

「この森で起きていることは、木々を通して全て私に情報が集まります」

「なるほどな。俺が勝手に、あんたの領域に入ったと忠告でもしにきたのか？」

ドライアドは樹の精霊。おそらく、この大樹に宿っているのだろう。大樹がこの森の主要な樹であれば、部外者である俺たちを近付けたくないはずだ。

「そんなつもりもありません。しかし、不躾《ぶしつけ》とは思いますが、一つお願いをしたく、貴方の前に現れたのです」

美人のお願いって絶対にいいことではないんだよな、と心の中でつぶやく。

「そんなに警戒しなくても大丈夫ですよ」

俺が心の中で思ったことに対して、ドライアドが返事をした。

「内容を聞いてから、どうするか判断してもいいか？」

「はい、構いません。貴方にしかお願いできないことですから」

……俺にしかできない？

「とりあえず、一緒に来ていただけますか？」

クロとシロを落ち着かせて、ドライアドの後を付いていく。

「私はリラ。この森全体を管理する者です。私がドライアドであることは既にご存知の様子ですね」

「ああ。【鑑定眼】のスキルがあるんでな」

その森の管理者様が、俺になんの用なのだろうか……。

「ここです」

リラは、周囲に木が生えているだけの開けた場所で止まった。特に目立つものはない、と思ったのだが、よく見ると周囲の木々に人が呑み込まれている。原型を留めず体の一部が樹の洞《ほら》のようになっていたり、あるいは殆ど体が残っているものもあった。

異様な光景に俺は一気に警戒心を強める。

「……どういうことだ？」

「タクト様には、あの人間を見ていただきたいのです」

そう言って、一本の樹を指した。それは他の樹に比べ、はるかに人間の原型を留めているものだ。

最近、餌食《えじき》になったのだろうか？

「実は、この人間は五十年もの間、この状態なのです」

「五十年？」

リラが指したのは人間の男性らしき人物だった。服の下の体のほとんどが樹に埋まっており、皮膚も樹に侵食されてはいるものの、一部だけ見えている顔はまだ人間らしさが残っており若かった。どう多く見積もっても、三十代かそこらといったところだ。リラが俺たちを騙すために嘘をついているのか？

リラを見るが、襲ってくる気配はない。

「依頼の内容を、ご説明させていただきたいのですが、よろしいでしょうか？」

相変わらず敵意は感じない。とりあえず話だけでもということなので、俺は頷いた。

「私たちドライアドは、既にお察しの通り、迷い込んだ人族を捕らえて生命力を吸収し、森の養分としております。もちろん積極的に森の外まで捕まえにいったりするわけではなく、あくまでテリトリーに入った方で、森に危害を加える者のみを対象としております」

それは普通の魔物もそうだ。残酷な行いではあるものの、自然の摂理なので責められることではないだろう。

「この人間は、貴方がたの時間で言えば五十年ほど前に捕まえました。しかし生命力を吸収しようとしたところ、何かに邪魔され上手くいかないのです。それも、捕らえた瞬間に体から放たれた魔力が膨大すぎて、この森全体によくない影響が出ているのです」

「その影響があると何かまずいのか？」

「魔力によって生態系のバランスが崩れ、いずれ森の動物たちが絶滅してしまうでしょう」

それは大変だな……。自然保護に熱心な方でもないけど、人間のせいであの穏やかな動物たちがいなくなってしまうのは少々心が痛む。

「でも、そんなの自分でなんとかすればいいんじゃないのか。捕らえたのだって自分なんだから、解放して追い出せばいいだけだろう」

「あの人間を解放することはできます。魔力が膨大になったのも、意識を失い制御できなくなったからでしょうし。しかし私としては、できればこの状態で生命力を吸収したいのです」

「勝手な言い分だな」

「そうかも知れませんね。しかし、捕らえた獲物を逃がす者はいないと思いませんか？」

「確かにな……」

あくまで、この森はリラのテリトリーだ。森の管理者であるリラが決めたルールを勝手に侵入した俺が、どうこう文句を言えるわけでもない。

「私が生命力を吸おうとすれば、抵抗するように魔力が膨大になります。そのため、他の方に頼むしかないのです」

「それが、俺ってことか？」

「はい。私の種族としての特性を理解して、魅了されない。そして、それなりの強さを持っている方を待っていたのです」

「一応、あんたの頼みを聞く資格があったというわけか」

「そういうことになります」

なるほど。いたずらに人を襲う知性のない魔物なら絶対に協力しないところだけど、これは話を聞いてやる価値はあるかもしれない。

「成功した際の報酬は？」

「『ドライアドの実』でいかがでしょうか？」

『ドライアドの実』？　すぐに【全知全能】に質問をする。

《『ドライアドの実』とは、ひとたび口にすれば重病や呪い、身体の欠損さえ治すほどの力を持った実です》

《貴重《きちょう》な物なのか？　市場価値を教えてくれ》

《はい。昔は、万能薬として稀《まれ》に高値で取引されていたようですが、近年では市場に出回ることもなく、『幻の実』と呼ばれています》

思った以上の答えが返ってきた。しかも、呪いに効果がある、ということは……。

《呪詛にも効果があるのか？》

《効果があった例も確認されています》

……呪詛にも効果があるだって!? 俺は、希望の光が差した気がした。

《それってつまり、俺にかけられている呪詛も、解呪できるってことか!?》

《タクト様の呪詛には効果はありません》

俺の希望していた答えではなく、一気にテンションが下がる。神の呪詛だから強力なのだろうか？ あのポンコツ女神は、どうしてこういう所だけ優秀なのだと憤《いきどお》りを感じた。

ただまあ、高値で売れる物なら使い道はあるし、これから先どんなトラブルに巻き込まれるかも分からない。ここでもらっておけば役には立ちそうだ。

「分かった。ドライアドの実を五つでどうだ！」

「申し訳ありません。ドライアドの実は、二つまでしか用意できません」

在庫不足か。貴重な実なので、そう簡単にできるわけでもないのだろうと諦める。

肩を落とした俺に、リラは代案をくれた。

「その代わりと言ってはなんですが、【大樹の祝福】を施します。そうすれば、世界中のドライアドとの交流が可能になります」

「交流可能になると、何かいいことがあるのか？」

「はい。私たちしか知り得ない情報をお教えできるかも知れません」

確かに、情報をもらえるのはありがたい。それに、敵対関係にならないのであれば、それはそれでメリットがあると感じた。

「分かった。それでいい」

俺はリラの頼みを受けることにした。


とりあえず、捕獲されている男性を確認する。顔の半分を樹で覆われているため表情は見えないが、幻覚を見ているのか、露出した口元は幸せそうに歪んでいる。取り込まれていない肉体に損傷もない。吸収されている以外は、見た目は健康そのものだ。

しかし、不思議なことが多すぎる。何故、この男性は歳を取らない？

一つの可能性としては、取り込まれている間は加齢しない、というもの。リラに聞いてみると、普通はすぐに取り込むため前例はないが、肉体の劣化が止まるようなことはあり得ないと言う。

「主、発言よろしいでしょうか」

「なんだ？」

肩に止まったクロが話しかけてきたので、俺は耳を傾けた。

「おそらくあの男性は転移者かと思われます」

「……転移者？」

「はい、私がガルプ様にお仕えしていた時に、転移してきた者かと思われます」

……なるほど、それであれば推測はできる。

ガルプの時は後先考えずに強力な恩恵を与えまくっていたと聞く。

さしずめこの男の恩恵は【不老不死】ってところか？

【鑑定眼】でステータスを確認するも、こいつの名前がジロイであるってことくらいしか分からなかった。一応、【全知全能】にも質問をしてみるが、ジロイという名前だけでは、【全知全能】からの返答はなかった。

レベルが低いため、恩恵を見ることはできないのだろうか？

「クロ、俺が来る前の転移者や転生者って全員死んだのか？」

「何人かは今も存命しておられますが、正式な人数までは、私では分かりかねます。申し訳ございません」

「いや、十分だ。ありがとうな」

「御主人様、私もいいですか？」

「ん、何？」

シロも何かに気が付いたみたいだ。

「あの男性の服にマジックアイテムがあります。直接関係はないかもしれませんが、回収することをおすすめいたします」

マジックアイテムとは持っているだけで強力な効果を及ぼす道具のことだ。もし手に入れれば、有益な効果があるかもしれない。

クロにシロ、なんて優秀なんだ！

こんな優秀な眷族がいるのに、神の方は一体何をやっているんだ。とりあえず、ポンコツ女神に連絡をする。

（はい、エリーヌです）

おっ！　まともな受け答えをするエリーヌに感心する。

（ポンコツ女神、ちょっと調べてほしいことがある）

（また、ポンコツって言う。自分で調べれば!?）

（ほお～、使徒である俺の頼みを聞きもしないで断るとは、職務放棄《ほうき》だな？　そういうことなら、モクレン様に調べてもらうから結構です）

【神との対話】を切る。

案の定、すぐにエリーヌから連絡が入る。

（……なんだ？）

（ちゃんと協力しますので、どうかモクレン様には内緒でお願いします）

少し揶揄ったつもりだったんだが、モクレンに叱られたのがだいぶ効いているらしい。俺はいい気味だと思いつつ、頼み事の内容を伝える。

（ガルプの時に、恩恵で【不老不死】を取得した奴をすぐに調べてくれ）

（うん、分かった。じゃあ、一週間後に連絡するね）

（一週間なんて待てるか。三十分だ）

（えっ、よく聞こえなかったんだけど……）

（三十分以内に調べろ。でないと、モクレン様に報告するからな）

（ええ〜、ちょっとこれから大事な用事が……）

（どうせ雑誌でも読みながら食っちゃ寝するだけだろ？　言っとくけど、こないだの呪詛の時のは全部バレてるからな？）

エリーヌは無言になる。図星のようだ。サボり癖《ぐせ》を直す気はさらさらないようだ……。

（あのな、眷属たちはお前よりずっと有能だぞ。いいか、三十分以内に連絡がなければ、サボっていると判断して、モクレン様に連絡するからな）


そして、三十分が経過しようとした頃。

（まっ、間に合ったでしょ!?）

息を切らせながらエリーヌが連絡してきた。

（ほら、本気でやればできるだろ？　それで、結果は？）

（少しは褒めてよ……。えっと、前任者の時に【不老不死】の恩恵を与えられてたのは、ジロイって男だけみたい）

なるほど。樹に埋まっている男と同名、間違いなく当たりだろう。

（ちなみに記録だけど、全部は残ってなかったから、分かる範囲で、だからね？）

（分かった。どうも、御苦労様《ごくろうさま》）

（……いいえ、どういたしまして）

エリーヌはやや不服そうに、【神との対話】を切った。やはり、今の【鑑定眼】のレベルでは恩恵までは閲覧できないようだ。

それに、転移者の存在が、思っていたよりも色々と世界に対して影響があることを認識した。

俺はジロイの服を脱がして、装備品を全て確認した。

シロの言う通り、服に指輪が入っていた。恐らくこれがマジックアイテムだろう。【鑑定眼】で鑑定すると、指輪は強大な魔力を抑え、制御することができる『封魔具《ふうまぐ》』の一種だと分かった。

【全知全能】に質問しようにも、《目の前の指輪について教えろ》では封魔具であると返ってくるだけだった。専門知識についての利便性は、やはり個々のスキルに劣ってしまうようだ。

しかし、魔力を抑えるのであれば、森の状況とは真逆の効果になる。それに、服の中にあるということは、封魔具は使用されていないと見るのが妥当だろう。もう一度、よく観察してみる。

顔の半分と両手両足が樹と一体化している。

「リラ、両手か両足にマジックアイテムがあるかもしれないから、腕か足のどちらか一本ずつ、樹から出すことはできるか？」

「えぇ、簡単よ」

まずは右手を出す。特に怪しい物はない。

続いて左手だ。薬指に指輪が嵌まっていた。結婚指輪……じゃないよな？

「シロ、あれが何か分かるか？」

「多分、魔力増幅《ぞうふく》の効果があるのではないでしょうか」

俺はアイテムボックスから、ゴブリンとの戦闘で奪った斧を出す。そして、ジロイの左手首を切断した。

もはやこうした行為にも、なんら抵抗がなくなってしまった。【言語解読】で言葉の分かる人型のゴブリンも、淡々と狩ってしまえるくらいだ。目的のためなら殺人だってできる精神性が身についたのだろう。

草むらに落ちた手首の薬指から、指輪が消失した。

その瞬間に、今まで放出されていた魔力が一気に少なくなった。

……これで依頼は完了だ。

◇◆◇◆◇◆◇◆◇◆◇◆◇◆◇◆◇◆◇◆

俺が依頼完了を報告する前に、魔力の減少を感じたリラは上機嫌《きげん》だった。

踊りながら歌を歌うと、周りの花が咲き始める。それは見事な光景だった。

これがドライアドの能力かと驚く。

テンションが上がっている理由はおそらく、魔力による森の乱れが解消したことよりも、ジロイが不老不死……つまり半永久的に生命力を奪える存在だったことが大きいだろう。

これからは、永遠に栄養不足になることはない。

「本当に、タクト様にお願いしてよかったですわ」

巨大すぎる魔力は弱い魔物たちにとって毒に近い。強大な魔力がなくなればこれまで逃げていた

魔物たちは元の場所に戻り、動物たちは魔物を恐れて森の中に散っていく。そうした生息地の偏りがなくなることで、森は本来の姿に戻るのだという。たとえ凶暴な魔物がやってきても、ドライアドは基本的に隠れているため襲われることはないのだという。

「生態系が戻れば昔のように、人族も森の奥に狩猟や採取に来てくれますわ。元通りになることは喜ばしいです」

彼女の言う元通りとは、奥まで入ってきた人族を獲物として捕らえるという意味だろうか？

「しかし、拠点にするにはいい場所だったのにな……」

「それでしたら、お礼に森の中で比較的魔物が出現しない場所をお教えしますわ」

立地条件のよさから俺が口惜しく思っていると、リラが別の場所を示してくれた。

さすがは、森の管理者だけあって、森のことならなんでも知っているのだと感心する。

その後、俺は約束の報酬である『ドライアドの実』を受け取った。加えてリラが俺の左手の甲に触れると、【大樹の祝福】が紋章となって刻まれた。すぐに消えてしまったが、これは自分の意思で出すことができるので、他の森でドライアドの協力が必要な時に見せれば、協力してくれるとのことだった。

ジロイが持っていた『封魔具』は、リラにとって別に必要ないと言うのでもらっておいた。

「本当に、ありがとうございます！　不要な人間がいたらいつでもお持ちくださいね。歓迎します」

リラは上機嫌のまま、優しい口調で残酷なことを言い放った。その辺りのドライアさは精霊とはいえ普通のことなのだろう。最後にリラは、自分はこの森の自然と意思が繋がっているので、触れて話しかけてくれれば、いつでも会話ができると教えてくれた。

「またいつでもお話してください、タクト様。本当にありがとうございました」

「こちらこそ、色々とありがとうな」

リラに挨拶をして、紹介してもらった場所へと移動することにした。

◇◆◇◆◇◆◇◆◇◆◇◆◇◆◇◆◇◆◇◆◇◆

リラが教えてくれた場所は、大きめの樹の中にあった。以前に誰かが住んでいたのか、樹の中央部がくり抜いてある。

俺と眷属二匹が入っても、広さ的には十分な余裕がある。

環境的にも、少し歩けば川があり、周囲には食べられそうな野草や木の実も多く生《な》っていた。

唯一気になる点は、ゴブリンの集落が今までで一番近い場所にあるということだ。ただ今は、以前と違い、シロとクロもいる。心強い仲間たちのおかげで、そう簡単に負けることもないだろう。

新しい拠点を少し掃除して、今回のことを改めて整理してみる。

まず、転移者や転生者の生存の有無だ。そいつらが生きている場合、俺より強い恩恵を習得している可能性は高い。間違いなくガルプ時代の方が、無茶なスキルを習得していると断言できる。もしも彼らと揉めて、戦闘にでもなれば、俺は圧倒的に不利だ。

次に【鑑定眼】について。レベルによって見られる内容が違うのであれば、今以上にレベルを上げる必要がある。

そして、シロとクロ。この二匹の優秀さはすさまじいものがある。現状、主人である俺の方が、明らかに格下だ。敬語を使ってもらうのは申し訳ない気分になる。

シロとクロを呼ぶ。

「御主人様、何かご用事でしょうか?」

「主、何でございましょう」

通常通り、畏まっている。

「提案があるんだが……」

二匹に敬語をやめないかと話す。

「主に向かって、そのようなことは断じてできません!」

クロには、すぐに拒否された。

「御主人様の命令であれば、私は従います。しかし、すぐには無理ですので、徐々に対応する……という形でよろしいでしょうか?」

シロは受け入れることを検討してくれたが、結局、最後までクロは首を縦には振らなかった。どうやら俺の命令よりも、上下の関係といったものを尊《たっと》ぶ性格であるようだ。

仕方なく、俺はクロには敬語を許した。

その後、俺は眷属たちから、遠く離れていても会話ができることを聞いた。

これはスキルというわけではなく、主従関係を結んだ者同士でしかできない、特権のようなものらしい。

ただ、シロとクロの間ではできないので、遠く離れている場合は俺が間に入らなければならない。

なんにせよ、この力は今後も使っていけるものだ。

新拠点に着いたことだし、森を出ると定めた期間を少し延ばしてでも、彼らと一緒に強くなるために戦ってもいいかもしれない。

俺はそう思い、新生活のことを考えていた。

第三話　ゴブリン集落への襲撃！

シロとクロのおかげで、今のところ順調な日々を過ごせている。採集をしながら二匹と一緒に戦い、レベルもどんどん上がっていた。ただし、上手くいかないことも当然ある。

まずは、ポンコツ女神ことエリーヌだ……。

エリーヌには、過去の転移者に関する資料を追加で依頼していた。しかし、ガルプが資料をきちんと保管していなかったため、詳細を調べるのに非常に時間が掛かるらしい。エリーヌ曰く、本来すべき業務の間に調べると言うので、気長に待たなければならなかった。

本当に調べているか怪しいが、モクレンへの報告で脅しているから、真面目にやっているはずだ。【全知全能】でも調べられるはずだが、質問が明確でないと回答がないので、エリーヌに真面目に神らしい仕事をさせる目的も兼ねてやらせていた。そもそも、エリーヌの本来の業務がなんなのかを俺は知らない。もし誰かに業務内容を聞かれたら、寝転んで雑誌を読みながら菓子を食べるニートのようなものだと答えても、あながち間違いではないと思っている。

それと、シロ。俺が勝手にエリーヌの眷属と主従関係を結んだことにより、エリーヌの眷属がこの世界にいないという状況になってしまった。

そのため急遽《きゅうきょ》、それなりの力を持った眷属を一匹、この世界で探すか、別の世界から転生させなければならなくなったそうだ。

エリーヌは「簡単には見つからない」やら、「余分な仕事を増やして！」と文句を言っていたが、元を正せば全てお前のせいだろと逆に文句を言うと大人しくなった。

「御主人様、次、どこ行きますか？」

シロの言葉遣いが、徐々に変わっていっている。

雌雄《しゆう》があるのか分からないが、シロは女の子のような高い声をしているため、言葉だけ聞いていると、行ったことはないがメイド喫茶に来ているような感じだと思った。

さて、もう一つ問題がある。それはゴブリンだ。クロの偵察によると、ゴブリンたちは今、かなり気が立っている状況であるらしい。

その理由は数日前に仲間数匹を何者かに殺されたという事件だ。そう、俺が襲われ、八匹を返り討ちにしたあの夜の件である。

俺が倒した中にはゴブリン族として、かなり重要な立場の個体がいたようだ。おかげで「犯人を殺す！」と集落総出で捜索する準備を進めているのだとか。まず間違いなく最後に倒したあの紅目のリーダーゴブリンのことだろうな。知能も高かったし、指導者的な立場だったのかもしれない。

ゴブリンたちは、犯人をオークだと決め付けているらしい。オークはゴブリンと対立する魔物で、同じように集落を森の魔力が薄い外側に移し、競い合うように人間たちを狩っているようだ。

確かに、この森で対抗できるとしたら、オークくらいしかいないだろう。

気になったのが、近くのゴンド村が襲われているという情報であった。

ゴブリンは減った分の戦力を増強するため、村の女性をさらい、ひたすら子を産ませているらしい。ゴブリンは出産から成長が早いため、すぐに繁殖してしまい、その数は爆発的に増えている。

それに乗じて、オークも村を襲撃し、食料や家畜を奪っているそうだ。このまま好き放題に戦力を増せば、森に迷い込んだ旅人や商人、冒険者も殺されるだろうし、森の動物も食い尽くされ、環境もめちゃくちゃになるかもしれない。

せっかく転移者による問題を解決したのに、転移者の俺がまた同じように問題の火種を作っていては、リラから文句を言われてしまう。それ以前に、不可抗力とはいえ、結果的に俺のせいで被害に遭っている人たちがいるという事実がある。

これは使命には関係ない。俺自身も、自分を守るためだったと言って無視してやり過ごすこともできる。彼らにとって俺は、見知らぬ他人なのだから。

だけど……人を物として扱う奴らは許してはおけない。

俺が責任を取らなければという思いもあり、俺はゴブリンたちを倒すことを決意する。

◇◆◇◆◇◆◇◆◇◆◇◆◇◆◇◆◇◆◇◆

集落を発見した俺は、クロに偵察をしてもらっていた。遠目にはただの鴉にしか見えないクロは、空を飛んでいることもあってこういう時に非常に役立つのだ。

遠隔からクロに状況を聞く。

（クロ、様子はどうだ？）

クロは自分の見たものを、一つも違《たが》えず教えてくれた。

（洞窟手前に建物が二つあり、各建物に五から七匹のゴブリンがいます。弓を装備しているゴブリンもおります。洞窟入口に、斧を持ったゴブリンが三匹。他に出入口はないかと思われます）

（分かった。気を付けて戻って来てくれよ）

（承知いたしました）

外の状況は分かったが、洞窟《どうくつ》の中が分からないのでは攻めようがない。

とりあえず、ゴブリンを一匹捕まえて尋問《じんもん》することにする。

（クロ。悪いけど、狩りに出ているゴブリンがいるか確認できるか？）

（少々お待ちください。主と集落の間に、五匹のゴブリンが主の方向に向かって歩いております）

グッドタイミングだ。とりあえず、そいつらを情報提供者に決定する。

「シロ、行こうか」

「はい、御主人様」


こちらに向かっているとのことなので、俺はシロと共にゴブリンたちを待ち受けた。

そしてしばらくすると、報告通り五匹のゴブリンが現れる。以前の俺ならすぐに逃げていたところだが、シロがいるだけでもかなり楽に戦える。眷属たちはそれぞれ得意なことが違っており、シロは魔法攻撃や、幻覚を見せる【幻霧《げんむ》】というスキルを持っている。

そしてクロは上空から広範囲を偵察し、隠れた敵も察知できる。さらに物理攻撃では俺やシロ以上の能力を誇る。

主従関係にあるため、俺が強くなれば必然的にクロやシロも強くなるらしい。逆を言えば、俺が強くならないとシロもクロも成長しないということだ。

「シロ、頼む」

「はい」

シロが飛び掛かるような体勢になる。すると霧が発生して、ゴブリンの周囲を取り囲んだ。

ゴブリンたちは急に発生した霧に戸惑う。ゴブリンは窮地《きゅうち》に陥ると奇声を発して、仲間を呼ぶらしいと、シロが教えてくれた。何故、前回は使わなかったのだろうか？　と俺は疑問を感じながらも、呼ばれていたら確実に今、この場所にいないだろうと思った。

混乱するゴブリンたちに素早く近づき、とりあえず喉を潰してから、痺れ薬で捕獲することにする。

【念話】があれば、喋れなくても意思の疎通は可能だ。

一匹目のゴブリンを上手いこと捕獲できた。

その後も、奇声を上げさせることなく、二匹目と三匹目を捕獲する。四匹目を捕獲しようとした時に、五匹目に感づかれた。五匹目のゴブリンが奇声を上げようとする。しかし、シロがゴブリンの喉を潰して、仲間を呼ぶことを阻止する。

ほんの数秒で五匹の捕獲が完了した。

五匹を別の場所まで運び、一人ずつに【念話】で話しかけて、全員に尋問することを伝える。

ゴブリンたちは、周りを見渡して声の主を探していた。

ゴブリン五匹が、頭に響く声が俺だと分かるまで、思った以上に時間を要した。俺の声だと短い時間で気づいた順に、知能の高さを判断した。そして、普通に言葉も通じることも分かった。

とりあえず、一番気づくのが遅かったゴブリンを最初に尋問する。

（集落に仲間は何匹いる？）

（……知らない）

（人間の女はどこにいる）

（……知らない）

こいつは、本当に知らないのか、嘘をついているのか分からなかった。とりあえず、これ以上の尋問は無駄だ。首を斧で切り飛ばして殺した。

この行為はただの後始末以上に、他の四匹のゴブリンに、恐怖を植え付ける目的が強い。

嘘やごまかしは通用しない、俺を手間取らせればこうなるから覚悟しておけ、というわけだ。実際に声に出して言うと、ゴブリンたちは明らかに動揺した。ゴブリンたちは、仲間がどう答えたせいで殺されているのか分かっていない。

知能の低い個体はそんなことまで頭が回らないかもしれないが、「分からない」ということは確かな恐怖を植え付けたらしい。

気を取り直して、二匹目の尋問に入ると、今度はしっかり喋ってくれた。

（お前たちの集落にいる仲間の数は？）

（……大人が六十くらい、子供は二十くらい）

（洞窟の中はどうなっている？）

（……小さな部屋が二つと、大きな部屋が一つ）

（人間の女たちはどこにいる）

（……子供産ませる奴は、洞窟の部屋。まだ使ってない奴らは外の小屋）

（外の小屋は二つあるが、もう一つはなんだ）

（……見張りの待機所）

（洞窟の部屋はどうなっている）

（……一本道。右側は武器庫。左側は交尾所。奥の大広間にみんなが集まっている）

なるほど、かなりの情報が分かった。しかし、このゴブリンが嘘をついている可能性は否定できない。そうでなくとも、個体によって知らないことや勘違いもあるかもしれない。

せっかく数がいるのだ、全員から尋問して、なるべく正確な情報を得ておくべきだろう。

二匹目も斧で一匹目同様に、首を切り飛ばす。

同じ要領で残りにも尋問を続ける。同じ内容の回答があったので、洞窟内の情報に確証が持てた。

「シロ、とりあえず核を回収しておいてくれる？」

「はい」

首を失って転がった死体を漁るシロを尻目に、俺は次なる手を考えていた。

さて、洞窟内のゴブリンは想像以上に数が多かった。尋問したゴブリンたちの情報だと、大人が老体も含めて約七十四と、子供が幼体含めて約二十四。

洞窟手前の建物は、右側が見張りの『待機所』。少し洞窟寄りにある左の建物は『監禁所』。

洞窟内は、まず左側に子供を産まされている女性たちがいる『交尾所』があり、その奥右側に『宝物庫』。一番奥の『大広間』にゴブリンたちが集結しているようだ。

『大広間』以外は鍵が掛かっている。『監禁所』に八人、『交尾所』に十人の女性が捕まっている。

ゴブリンの数もそうだが、捕虜の数も思っていたよりも多い。

「クロ。近くまで行って、捕まっている女性の確認は可能か？」

「問題ありません。ゴブリンごときに見つかる私ではございません」

「じゃ、よろしく頼む！」

昼間だと狩りに出ているゴブリンたちを殺し損ねる可能性がある。

よって、襲撃は夜に決定する！

◇◆◇◆◇◆◇◆◇◆◇◆◇◆◇◆◇◆◇◆

襲撃計画を立てた俺だったが、早速のミスで計画を破綻《はたん》させるところだった。

というのも、夜の襲撃に備えて準備していたところ、尋問したゴブリンの死体を、そのまま放置していたため他のゴブリンたちに気づかれてしまったのだ。幸《さいわ》い、クロがすぐにそのゴブリンたちを討伐したので、集落にいるゴブリンたちに知られることはなかった。

「すまん、クロ。助かった！」

「いいえ。従者として、当然の働きですので」

クロはクールに返したが、その顔には笑みが浮かんでいた。どうやら、俺に褒められたことが嬉しいようだ。

それにしても、俺の判断ミス一つで、仲間たちが危険に晒されるのだと改めて認識した。今後は今回のようなことが起きないように気を引き締め直さなければならない。


そうしているうちに陽も落ち、森は暗闇の世界と化す。

一応、クロは鴉なので、鳥は夜目がきかないのでは？　と気になり質問する。

「問題ございません」

クロは、はっきりと答えた。昼夜関係なく、見える世界は同じようだ。

クロの特異な能力は神の眷属ゆえだろうか。そもそもエクシズでは、見た目が同じ鳥でも、能力が異なるのかもしれない。

集落を前にした俺たちは、いよいよ本格的に作戦実行の準備に入った。

作戦は次の通り。まず、シロの【幻霧】で待機所を襲撃する。そしてクロを外に待機させて、俺とシロは洞窟内に侵入。

交尾所にゴブリンがいれば見つけ次第殺す。そのまま大広間に突入して再度、シロの【幻霧】で一気に片づける。

霧の中の攻撃は、【風弓《ふうきゅう》】が良いだろう。最近取得した風属性魔法なのだが、スピードが速く、霧への影響も少ない。

敵は大量、少しでも気を抜けば命の保証はない。周囲を最終確認しているクロが戻り次第、作戦を実行に移すのだが、それまでに覚悟を決めなければならなかった。

◇◆◇◆◇◆◇◆◇◆◇◆◇◆◇◆◇◆

ゴブリンの集落前に到着した。

洞窟の奥からは、ゴブリンたちが宴会《えんかい》でもしているのか大きな声で騒いでいるのが聞こえてくる。どうやら、仲間たちが外に出たまま戻っていないことには気づいていないようだ。大雑把《おおざっぱ》なのか低知能ゆえか、とにかく助かる。

もし騒ぎすぎて寝静まってしまうと音に敏感《びんかん》になるし、そろそろ頃合いだと判断する。

シロに【幻霧】、クロに上空で待機を命じて突入をする。霧に満ちた洞窟の中でまず、待機所の四匹を倒した。

【幻霧】の効果か、霧が発生したことに、警戒を強めるわけでもなかった。確実に一匹ずつ倒して行き、死体は他のゴブリンたちに見つからないように隠した。

次に、監禁所の見張り二匹を倒そうと移動するが、異変に気づいたのか、一匹のゴブリンが騒ぎ始めた。仲間を呼ばれると面倒なことになると思い、騒いでいるゴブリンの鼻と口を【水球】で塞ぐ。

以前と比べて、【水球】を少しだけ大きく発動できるようになったので、ゴブリンであれば鼻と口を塞いで、窒息死させることも可能だった。

先ほどまで騒いでいた仲間のゴブリンが、急に大人しくなったことを不審に思ったのか、もう一匹のゴブリンがこちらに歩いてくる。

霧ではっきりと俺の姿が見えないので、仲間のゴブリンに見えたのだろう。

警戒せずに近寄って来てくれているので、【風弓】で倒す。

俺は二匹のゴブリンの死体を監禁所の陰に隠した。

シロとも上手く連携が取れているので、安心して戦うことができる。

使ってみて感じたが、【風弓】は弓の弦を引く動作が必要になるため、攻撃まで時間が掛かる。

それに比べて、【水球】は発動して投げるだけなので、攻撃までの動作に隙がない。

威力で考えれば【風弓】などの弓系魔法だが、とりあえず連射したい時は【水球】のような球系魔法が便利だと気づく。

今後は、使い分けていこうと思う。


洞窟内へは慎重に侵入する。

ゴブリンの激しい息遣いが聞こえてきた。

案の定、交尾所では四匹が盛《さか》っている。見ていられないので、さっさと終わらせたい。

シロにもう一度、【幻霧】を掛けてもらう。

交尾に夢中になっているゴブリンたちは、霧が発生したのに気が付いていない。

本当に、本能だけで行動しているのだと感じた。

ゴブリンを、犯されている女性から引き離して、暴れる前に殺していく。

快楽に溺《おぼ》れているゴブリンは、簡単に殺すことができた。

四匹のゴブリンを倒したので、シロには先に大広間の方に行ってもらう。

【幻霧】を重ね掛けしてもらうためだ。

シロが戻ってくるまでの間、霧の中でゴブリンに犯された女性たちに声を掛けようとしたが、この交尾所の女性たちは、受け答えはおろか目の前の出来事も認識できないような精神状態にされてしまっていた。

彼女たちのことは救って家族の元に帰すのが正しいことなのか、それともここで殺した方が幸せなのだろうか？

そんなことを考えていると、シロが戻って来たのでこの場を任せて、俺は大広間まで走る。

大広間では案の定、仲間同士を攻撃している。

とりあえず見える影を【風弓】を連射して倒していく。

しばらくすると、霧の効果が消え始めて、生き残ったゴブリンたちが姿を現し始めた。

……ざっと三十匹弱くらいだ、思ったより減っていない。

無傷の者も数匹いる。

この状態でパニックにならずに動いていたってことは、それなりの知能を持っているのだろう。

とりあえず、広範囲を熱波《ねっぱ》で攻撃する炎属性魔法の【炎波《えんぱ》】で、大広間の中にいた敵を無差別に攻撃した。灼熱《しゃくねつ》の炎の波がゴブリンたちを襲う。

炎から逃れようと逃げ回るゴブリンを、一匹ずつ【風弓】で仕留める。

熱で死んだやつも何匹もいるが、それでもまだ十五匹ほど残っている。

やはり、思ったように事は進まない。

ここからは少し手間が掛かると思い、ゴブリンたちの出方を探る。

残ったゴブリンたちも、俺の様子を窺っている。魔法を使うことが分かり、近づけば危険だと学んだのだろうか、包囲はしているものの積極的に攻めてはこない。

しばらく膠着《こうちゃく》状態が続いた。

しかし、出入口は一つしかない。

つまり、俺を倒さないと、ここからは出ることができない。

だからといって、闇雲に突入しても俺に倒されることは理解しているようだ。

俺はゴブリンたちに先んじて動く。火が回っていない右側にいる奴らに【水球】で攻撃、左側にはさらに【炎波】で戦えるスペースを削っていく。

そこで【炎波】の威力が目に見えて落ちてきたことに気づく。

そろそろ、大広間内の酸素が不足してきたようだ。

案の定、ゴブリンたちを見ると苦しそうな表情を浮かべている。

対して俺のいる場所は出入口付近なので風があり、ゴブリンたちほど苦しくない。

時間が経てば経つほど、ゴブリンたちが不利になっていく。

やがて【熱波】が消えた時、怪我を負ったゴブリンは呼吸が大きかったせいか、何匹か酸素不足で死んでいった。

だが、酸欠に耐えきった四匹のゴブリンが襲い掛かってきた。俺は敵を斬り裂く風属性魔法の【風刃《ふうじん》】で倒した。酸素がなくても風属性魔法には影響がない。

倒したゴブリンの背後から、三匹のゴブリンたちが攻撃を仕掛けてきた。

しかし、この攻撃は予想できていたので、【風弓】で倒す。

残るゴブリンは六匹。正面の攻撃に気を取られている隙に、右側から三匹のゴブリンが、少しずつ俺との距離を縮めて来ている。

ピチャ！　と水溜りを踏む音と同時に雷属性魔法の【雷撃】を放つと黒焦げになり、崩れ落ちた。

残り三匹。そのうち二匹は明らかに、今までのゴブリンよりも大きい。

手には剣や斧を持っている。

以前に戦った紅い目をしたリーダー格のゴブリンと同じくらいの体格だ。

それに後ろにいる一匹は変な被り物をして、奇妙な杖を持っている。

あのゴブリンが、この集落を仕切っているゴブリンなのだろうか？

ＭＰも半分以上残っているし、氷属性魔法を使ってみる。

集約させた冷気の塊の【氷球《ひょうきゅう》】と、鋭い氷柱のような矢を飛ばす【氷弓】を連続で繰り出して攻撃する。だが、致命傷を与えるまでには至っていない。

しかしゴブリンたちもこのままでは死ぬと分かったのか、いよいよ必死の形相《ぎょうそう》でこちらに向かってきた。

おそらくこのまま魔法を使っているだけで勝てるだろうが、『窮鼠《きゅうそ》猫を噛む』って言葉もあるし油断はできない。

二匹が同時に上下に分かれて攻撃を仕掛けてきた。

横方向の攻撃が多かったからこの作戦にしたのだろうが、残念なことに、【風刃】を使えば縦方向にも発動可能だ。

余裕の表情で【風刃】を発動しようとすると、ゴブリン二匹の間から、予期せぬ【雷球《らいきゅう》】が飛んできた。

咄嗟《とっさ》に【雷球】を避けると、背後の壁に直撃して崩してしまった。なんて威力だ！

しかも悪いことに今の攻撃で、出入口が半分塞がった。【雷球】を放ったのは、奥にいる杖を持ったゴブリンだった。

俺が使えるということは、他にも使える奴がいるのが当たり前とはいえ、エクシズで初めて受けた魔法攻撃に、体が硬直した。

思った以上の恐怖が俺を襲う。

肉弾戦であれば、スポーツ格闘技の観戦や、ドラマや映画などで喧嘩を見ていたので、違和感を抱くことなく対応できていた。しかし、魔法攻撃を受けるとなると、その得体の知れなさから死への恐怖が段違いであった。

それにしてもまさかゴブリンが魔法を使えるなんて大きな誤算だ。油断しないよう気を付けていたのに、杖を持っている時点で予想しておくべきだった。

一瞬、シロやクロを呼ぼうかと考えたが、このくらいの危機は自分自身の力で乗り越えられなければ、きっとこの先も渡っていけないだろう。助け合うのも仲間だが、いつでも仲間に頼りっぱなしになるのは違う。

二匹のゴブリンは杖のゴブリンから指示を受けているのか、連携して俺を攻撃してくる。

一匹が攻撃を仕掛け、俺が攻撃を避ける方向を予測して、もう一匹のゴブリンが回り込んでくる。

その間にも奥から【雷球】が飛んでくるので、思うように動くことができないでいた。

思ったよりも厄介だな……！

急に激しく動いたことで酸素不足の影響を受け、俺も呼吸が苦しくなる。

息継ぎのために一瞬、気を逸らしたことに気づいたゴブリンは、隙を突いて突進攻撃を繰り出してきた。

反応が遅れた俺だったが、辛《かろ》うじて避ける。

しかし、避けたと同時に【雷球】が目の前に迫って来た。

あっ、死んだかも……！

と、呆気なく俺は死を覚悟した。

避けきれず【雷球】の直撃を受けた俺は感電する。全身を針でくまなく突き刺されるような、想像を絶する痛みだ。

筋肉も痙攣《けいれん》し、上手く動けなくなる。

しかし、まだＨＰは残っている。俺の生命力を数値化しているので当然、数字が表示されなくなった時には死んでいる。数字が表示されている限りは、まだ辛うじて生きているので戦える。

弱った俺に追い打ちを掛けるように、ゴブリンは攻撃を仕掛けてくる。

俺はあえて避けることをせずに、攻撃される前に【風刃】をゴブリンに放つ。

【風刃】を受けたゴブリンは、その場に倒れる。

致命傷を与えたことに間違いないが、死んではいない。

もう一匹のゴブリンは、倒れた仲間のゴブリンを気にする様子もなく、俺への攻撃を敢行してきた。

だが、その体が邪魔になっており、杖のゴブリンが魔法を撃てないでいる。俺が下手に動かなければ【雷球】は飛んでこないのだ。

俺は【風刃】を連続で二発放つ。さっき一撃では殺すことができなかったので、二発なら殺せると思ったが、狙い通り、目の前のゴブリンは真っ二つに分かれて倒れた。

残った杖のゴブリンと目が合う。

自分たちが劣勢になったと思ったのだろう。

倒れているゴブリンに向かって立ち上がって攻撃するよう叫んでいる。

しかし、倒れているゴブリンは苦しそうな呼吸を返すばかり。ただでさえ酸素不足なのに、【風刃】で斬り裂かれて出血しているのだから無理もない。

俺が、この機会を逃すわけがない。

すかさず倒れたゴブリンに【水球】を放って、鼻と口を塞ぐ。

呼吸を奪われもがき苦しむゴブリン。死ぬのも時間の問題だろう。

俺は魔法を使うゴブリンに向かって走った。

ゴブリンは何か喋っているが、言葉にならない声のため解読ができない。だが、俺に向かっての命乞いでないことくらいは分かった。

【風刃】を放つが、走りながら放ったためか、目標がずれてゴブリンに避けられる。しかし間に合わず、杖を握る右腕が切断された。

ゴブリンが悲鳴を上げて、左手で切断された部分を押さえる。

動きが止まったので、俺は落ち着いて【風弓】で狙いを定めて、ゴブリンの胴体を撃ち抜いた。

……終わった……。

戦闘を終えたと思った俺は、気が付くと壁に激突していた。

「っつ……っ!?」

何が起こったか分からなかった。

激痛に耐えて起き上がると、先ほど放っておいても死ぬだろうと思っていたゴブリンが立っていた。

どうやら強引に【水球】を取り除いたらしく、鼻と口周りの皮膚が剥ぎ取られていた。

完全に油断していた。強力な魔法を相手にして、気が逸《はや》ってしまったのだ。きっちり敵の死を確認しなかったことを悔いる。

今度こそ確実に仕留めて、この戦いを終わらせてやる。

俺は立ち上がり、最後のゴブリンを睨みつけた。

とはいえ俺も、おそらくゴブリンも、次の攻撃が最後だと確信していた。俺のＨＰはまだ残っているがＭＰがほとんどない。魔法でゴリ押しするような戦法は取れない。

かと言って純粋な力比べになれば、身体能力で劣る俺は確実に負ける。相手は激しく出血しているので、持久戦にでもなれば俺が勝てるだろう。

つまり、俺が先にゴブリンに攻撃を当てて仕留めるか、ゴブリンの攻撃を避けてしまえば勝てるはずだ。

落ち着けば、ほぼ確実に勝利を拾える。

まるで侍同士がそうするように睨み合う俺とゴブリン。崩れた岩から小石が転がる。

その音で、示し合わせたように両者が攻撃を仕掛けた。

ゴブリンは剣を大きく振りかぶり突進してきた。

俺は【風弓】を放つ構えをする。すぐに撃とうとはせず、ギリギリのところまでゴブリンの攻撃を引き付け、絶対に外さない射程距離まで来た瞬間に【風弓】を放つ！

矢は高速で一直線にゴブリンに向かっていく。

ゴブリンは【風弓】を剣で弾こうと突き出した。しかし、剣は矢を受けきれずに折れ、【風弓】

はゴブリンの体を貫いた。

「今度こそ、本当に終わった」

俺は倒れていくゴブリンの体を見ながら、そう呟いた。

俺の声に答えるように、頭の中で音が鳴った。何度か聞いたレベルアップのファンファーレだ。以前にリーダーのゴブリンを倒した時のように連続でファンファーレが鳴り続けるので、かなりレベルアップしたのだろう。だが今はステータスを見ている余裕がない。

とりあえず、シロに戦闘が終了したことを連絡して、ゴブリンたちの核回収をお願いする。

俺は壊された出入口をなんとか通り、交尾所の女性たちの様子を確認しに行く。

◇◆◇◆◇◆◇◆◇◆◇◆◇◆◇◆◇◆

霧がなくなった交尾所は、非道《ひど》い有様だった。

ゴブリンの子を宿した場合、人族同士の場合よりも妊娠期間が短いため、早く出産してしまう。しかも人族と違い、そのサイクルも早く、数も異様に多くなってしまうのだ。

今まで、ゴブリンに無理矢理犯されて、何度も出産をさせられたのだろう。心が傷ついた女性たちは、一言も口を聞けず、虚ろな目でなんの反応も返さない人形のようになっていた。

たとえ【治癒】や【回復】を施したとしても、彼女たちの心の傷までは治すことはできない。

酷な話かもしれないが、まともな生活に戻れないことも考え、彼女たちの処遇については監禁所にいる女性たちと話し合いをして決めることにする。

シロが戻って来るのを待って、監禁所に移動する。

扉を開けると、情報通り八人の女性がいた。まるで四人のような厳《いか》つい首輪を着けられている。

彼女らは明らかに俺に対して怯えている。俺が人間に見えないのか？

「怖がらなくても大丈夫だ。助けに来た」

声をかけると、気が緩んだのか一斉に泣き出した。言葉にならない感謝を口にする彼女たちが、落ち着くのを待った後、俺はゆっくり噛んで含めるように状況を説明する。すると、交尾所の女性の有様に、彼女らは絶望的な表情を見せた。

交尾所の女性たちをどうするか相談したが、できないことを話して過度な希望を持たせないために、回復系の魔法が使えることは伏せておいた。

相談の結果、三人の女性が交尾所に行き、状況を確認してから判断をするということになった。

残りの五人は、自分たちでは適切な判断ができないと思ったのか、判断については三人に任せるということで決定した。

ほとんどが人間の女性だったが、中には獣耳と尻尾の生えた小さな女の子がいた。エクシズに住む人族の一種、獣人と言われる種族なのだろう。

状況確認のために移動中、話せる人から情報を聞いた。彼女たちの話から、三人はゴンド村出身で交尾所に身内がいる可能性が高く、残りの四人は奴隷《どれい》商の移送中に襲われたと分かった。

獣人族の女の子は、別の商人が乗った馬車で襲われたそうだ。

彼女は『狐人族《こじん》』と呼ばれる狐の特徴を持った種族で、理由は不明だが襲われた際にも殺されることはなかったのだという。

……エクシズには奴隷制度があるのか。地球にもそういう制度はあるとはいえ、もうとっくに廃れている。リアルな奴隷というものを目の当たりにしてしまうと、平和な国で暮らしてきた身としては、やはりちょっと引いてしまった。

◇◆◇◆◇◆◇◆◇◆◇◆◇◆◇◆◇◆

三人を連れ立って交尾所へ向かう。

「お前らの想像以上だから、どんな状況でも落胆するなよ」

彼女らは頷き、気丈《きじょう》に足を進めた。だが、交尾所の前に着くと、彼女らは固まったかのように動きを止めた。

覚悟はしていたとは言え、あり得たかもしれない自分たちの末路に思えてしまったのかもしれない。

「……お姉ちゃん」

一人の女性が、倒れこんでいる女性に向かって話しかけた。

しかし、女性は意識が朦朧《もうろう》としており、話しかけてくれているのが妹だと認識をしていないようであった。

駆け寄り抱きしめるが、それは変わることがなかった。

そして、ただ一言、

「……殺して」

かすれた声で呟いた。俺に辛うじて聞こえる程、か細い声だった。

それが助けを求め続けた彼女が、最後に願ったことなのだろう。

判断するのは、同郷でもある彼女たち。

卑怯かもしれないが、俺はそれに従うだけだ。

先ほど姉に話しかけていた女性が、俺の所まで来る。

「……殺してあげてください」

彼女の目には涙が溜まり、拳は強く握られて、肩は震えていた。

姉を殺すという苦渋の決断。

このことは、これから彼女の人生でトラウマになることは間違いない。

俺は交尾所にいた他の女性にも同様でいいかと確認する。

既に彼女と意思の疎通ができないほどの状態なのが分かっているのだろう。「殺す」という選択肢を、彼女たちは選んだ。

「分かった。苦しまないようにするから、みんなは外に出て行ってくれ」

女性たちを外に出し、俺は【風刃】で捕らわれていた人たちの首を切り落とした。

自分の行動が招いた結果を苦々しく思いながら、これもまたエクシズという世界の現実なのだと噛みしめることとなった。

感傷に浸る時間もなく、宝物庫にあるものを全て【アイテムボックス】に放り込み、ゴブリンの集落に火を放って、シロと外に出る。

◇◆◇◆◇◆◇◆◇◆◇◆◇◆◇◆◇◆◇◆

……さて、これからどうするか。と俺は悩んでいた。

助け出した女性たちには、安全確保のために俺の拠点まで移動してもらっていた。

心身ともにボロボロの彼女らに、ここまで移動してもらうのは酷だとは分かっていた。しかし、あそこにいた方が危険だと思ったたし、彼女らも一刻も早く、あの場所からは離れたかっただろう。

女性たちは解放された安堵からか、拠点の中でよく寝ている。

ちなみに彼女らの首に着いていた首輪が気になったので質問したところ、気まずそうに「奴隷アイテム」だと教えてくれた。なんでも、奴隷商が売り物に対して、逃走や反抗を防ぐために着ける物だそうだ。

知らなかったとはいえ無神経な質問をしてしまったと思い、すぐに彼女らに謝罪した。

首輪は何かスイッチのような物があったらしく、外せないか弄っていると偶然一人が外すことができ、その後全員が外せた。奴隷商も死んでいるので、彼女らは解放されたことになる。それがよほど嬉しかったようで大騒ぎした後、疲れてしまった数人は眠ってしまった。彼女らにはこっそりと【治癒】と【回復】を施し、傷を癒やしておいた。

一人が起きて一緒に焚き火を見てくれている。

「さっきはすまなかった。実は訳あって、一般教養がなくてな。これからも時おり無神経な質問をするかもしれないが、その時は教えてくれ」

「いえ、気にしていません。冒険者の方ではないのですか？」

「いや、この服装で分かる通り、通りすがりの一般人だ」

まともに武器も持たず、服装も粗末な平民の物で、とても冒険者には見えないだろう。彼女らからすればあの強力なゴブリン軍団を、ただの一般人が全滅させて自分たちを救ってくれた方が信じられないだろうが。

「それよりこちらこそ、すみません。後始末を全て任せてしまって……」

助けられなかった人たちを最後に介錯《かいしゃく》したことを言っているのだろう。

しかし意外なほど、俺はそのことを気にしてはいなかった。最初は少し抵抗があったものの、罪悪感や嫌悪感に苛《さいな》まれることなく、淡々とやるべきこととして処理できたのだ。

どんな理由であれ殺人は殺人だ。これからも、こんな風に理由を付けて人殺しができてしまうのだろうか？　そうなっては、エリーヌがとんだカルト宗教の神として祀られてしまうかもしれない。

なるべくそうならないよう、先のことまで見据えて動かねば、と思った。


全員が寝静まった後、俺は一つの大きな問題について考えていた。

それは、助け出した女性たちを、人里に送り届けることだ。ゴンド村はここから十キロほど。十キロと聞けば数時間でたどり着けそうだが、正直問題は多い。まず整備された街道でないこと、俺に地理がないこと、彼女たちは体力のない女性であること、そして何人かは素肌に襤褸《ぼろ》をまとった程度の裸足であることが挙げられる。

加えて、森を抜けるのにも魔物から守らないといけないし、それは森を抜けた後も同じだ。しかも、暗くなれば動くことはできない。適度に休みつつ移動するとしても、丸一日以上は掛かりそうだ。馬でもあればすぐに着くだろうが、当然ながら彼女ら全員を乗せられる馬車にアテなどない。

たとえば俺が先にゴンド村までひとっ走り行って、事情を説明して馬車を借りるというのはどうだろうか？

……いや、駄目だな。彼女らを残して行って無事である保証がないし、ゴンド村に馬車がなければ無駄足になってしまう。かと言って半分ずつ連れて行っても、残された人たちのリスクが上がるだけだ……。

困った。今回ばかりは、今までの問題とは問題の質が違う。俺の能力と知恵で解決できそうなものではないのだ。必ず、彼女たちを無事にゴンド村まで送り届けなければならない。人の命を預かることはとても重かった。

「少しよろしいでしょうか？」

振り向くとクロがいた。

「どうした」

「主はもしや、あの女性たちを移動させる件で、悩んでおられるのではないですか？」

「あぁ、その通りだ。あの人数を警護しながらの移動は、現実的に厳しいかなと思ってるところだ」

「私にお任せ願えませんか？」

「何か案でもあるのか？」

「はい。昔、世話になった友人に頼んでみます」

確かに、俺より長い間この世界にいるクロの方が交友関係も広いし、名案を持っているかもしれない。

「そうだな。特に案が浮かばないし、クロに任せる」

「はい、承知いたしました。では早速！」

クロは大きく翼を広げて、空の彼方へと飛んで行った。

しかし、クロの友人って鴉なのだろうか？

俺は、もし大きな鴉が来てくれれば、某妖怪漫画の主人公のように鴉に乗って移動するのも、それはそれでありかもしれない、と妄想を膨らませていた。

「クロさんは、何処へ？」

シロが起きてきた。

「ちょっと、用事を頼んだ」

シロに近くに来るように手招きする。

「シロも今日はお疲れさん！」

シロを膝の上に乗せて、頭を撫でて礼を言う。

「御主人様のお手伝いをするのが、私の使命です」

「そうか、そうか」

「御主人様は、エリーヌ様のことがお嫌いですか？」

「なんでだ？」

「いつも、お話しする時に険しい顔ですし……」

確かに毎回、何かと怒鳴ったり嫌味を言ったりしている気がするが、言葉にはしていない。

俺の表情を見たシロに、そんな心配を掛けていたのかと思うと申し訳ない気持ちになる。

殆ど、いや、全てエリーヌが悪いのだが、元々眷属として仕えていた神が悪く言われるのは、シロにとっては複雑なのかもしれない。

「エリーヌが心配か？」

「はい。エリーヌ様は一生懸命業務に取り組んでおられるのですが、誤解されやすい性格ですから」

シロ、なんていい子なんだ。本当になんでこんないい子が、あんなポンコツ女神の眷属だったのかが謎で仕方がない。

「あの……すいません」

振り返ると、狐人族の女の子が立っていた。

「どうした？」

俺に何か話があるようだが、なかなか話そうとしない。もしかしたら、シロが話せることは秘密にしているので、独り言を言っている怪しい奴だと思われているのだろうか？

「なんでも言ってみな」

俺は最大限の笑顔を女の子に向けて、できるだけ不信感を与えないようにする。

「その……できるだけ早く森を抜けたいのですが……」

彼女はライラという少女だ。なんでも人探しの旅をしており、一刻も早くその人を見つけるべく、なるべく人のたくさんいる地域を目指したいのだそうだ。

俺としてもその願いは叶えてあげたいのだが、今は移動することが難しい、ということを告げた。

「……駄目ですか？」

すがるような目で見つめられて困ってしまった。

ライラは、思わず獣耳に惹かれてしまう者の気持ちが分かるレベルで可愛らしい。加えて、お尻にはモフモフとした九本の尾が生えていて、触りたくなってしまう。

未成年の女子にそんな不埒《ふらち》なことをすれば即逮捕だ。まぁこの世界に、条例があるかは知らないが……じゃなくて、その可憐さが目に留まって、奴隷商に攫《さら》われたのだろうと容易に想像できる。

魔物や動物に襲われればなすすべもない貧弱さだろうし、そんな彼女を俺だけで護衛するのは大変そうだ。

そもそも俺はここを離れることはできない。

「もう夜も遅いし、今からの移動は危険だ。できるだけ、希望に沿えるようにするから、もう寝な」

「……はい」

ライラは残念そうに戻って行った。

こんな時間に直接言いに来るくらいなので、一刻も早く人探しを再開したいのだろう。

しかし、解決策は未だ見つかっていない……。

第四話　ドラゴンと小学生！

　ドラゴンと女子小学生。非日常的な組み合せだ。何を言っているのか分からないと思うが、それが今、俺の目の前にある光景だった……。

　大きな翼を広げた威圧感抜群なドラゴンの上に乗った、薄い赤ともピンクとも取れる不思議な髪色をした小学生くらいの女の子。髪型は片方だけ髪を結んだサイドワンテールというやつだろうか？　紫の瞳に楽しげな表情を浮かべ、腰の辺りから鱗のある太い尻尾が生えていた。

　ライラと同じ、獣人族だろうか。

　少女とドラゴンを見た女性たちは怯えている。当たり前だろう。俺でさえ、その異様な光景に委《い》縮《しゅく》しているのだから……。

「クロ、ちょっと説明してくれるか」

「はい、こちらの……」

　クロが説明しようとすると、女の子はドラゴンの背から飛び降り、俺の方に歩いてきた。

　そして、笑顔のまま俺を見上げる。

「お主がタクトか？」

　……なんなんだ、この子供は？

　怒りこそないが、いきなり見知らぬ年下に呼び捨てにされるのは、あまり気分のいいものではない。しかもやたら尊大な口調なのも気になる。

俺も大人なので、笑顔で答えた。

「そうだが。おチビちゃんは早く、ママの所に帰った方がいいんじゃないのかな～」

「主、あの、その……」

何故か、クロが慌てている。

クロが慌てる理由がよく分からないが、俺は女子小学生の頭を撫でる。

「ほら、鳥さんも早く帰った方がいいって言っているよ」

俺は優しい言葉で喋りかける。女子小学生は憤りをあらわに、俺を睨みつけた。

その瞬間――周囲の空気が変わった。

ただ睨まれただけなのに、明らかに空気が重くなったのだ。体が思うように動かない。

一体、何が起こった⁉

「アルシオーネ様、おやめください！　このお方は私の主ですが、アルシオーネ様の素性《すじょう》をお知りになられないのです！　どうか怒りをお収めいただけないでしょうか⁉」

「うむ、お主が言うなら仕方ないのう」

女子小学生は納得していないぞという様子で、ふいと視線を逸らした。

たったそれだけで、先ほどの重々しい空気から解放され、俺を含めて周囲の女性たちからも安堵《あんど》の息が漏れた。

「クロ。この小……女の子とドラゴンは何者だ？」

「主、こちらのお方はドラゴン族総帥《そうすい》のグランニール様でございます」

クロは女子小学生の乗っていたドラゴンを指して言う。

ドラゴン族総帥？　総帥ってことは、一番偉いドラゴンってことだよな？

階級が存在していたのも初耳だが、クロが次に言った言葉でさらに驚かされるハメになった。

「そしてこちらのお方は、六大魔王の一人……第一柱《いっちゅう》魔王のアルシオーネ様でございます」

女子小学生を指し、クロは畏まるような仕草でそう紹介した。

「おぅ！　アルシオーネじゃ、よろしくな！」

フランクな挨拶。しかし、女性たちは悲鳴を上げ、どよめくほどに驚いている。

魔王なんてものがエクシズに存在するのか、と俺も驚いていたが、彼女らほどのリアクションでないのは、その立ち位置が分からないからだ。

少なくとも六大魔王という響きは尋常ではない。そもそも魔王って、世界を破滅に導くとかそういう存在じゃないのか？

「グランニール様に彼女らを運んでいただくようお願いに伺ったところ、たまたま遊びに来ておられたアルシオーネ様も同行したいと仰られまして……」

クロ、そういうことは事前に連絡しておいてくれ、と俺は叫びたかった。社会人の基本は報告・連絡・相談だろう。

いや、そもそもドラゴンの総帥を移動手段に使うって発想が問題な気もするが……。

一度の情報量が多すぎて、俺は頭の処理速度が追い付かなかった。とりあえず、気持ちを落ち着かせる。

アルシオーネはさらに、とんでもないことを言い放った。

「タクトとやらお主、『転生者』……いや、『転移者』か？」

アルシオーネの言葉に驚き、アルシオーネを睨む。

「何故そう思う？　まさか、お前はガルプの使徒だったのか!?」

「ガルプの使徒だった？　過去形で話すということは……。そうかお主は、新しい神の使徒ってところか。ということは、ガルプの奴はクビになったってことじゃな、ハハハハハッ」

一体、どこまで事情を知っているのか。状況によっては俺の敵になる可能性だってある。

もしそうなれば、先ほどの空気を作り出しただけの実力を鑑《かんが》みるに、俺に勝ち目は一切ない。

アルシオーネは含み笑いをしながら俺を見つめる。

「それでお主は転生者か、それとも転移者か、どっちじゃ？」

「何故、そう思う。お前はガルプが恩恵を与えた使徒だからか？」

「さぁ、どうじゃろうな」

俺の問いに、アルシオーネは惚けたような態度で返した。

「そうじゃな。知りたければ、妾《わらわ》と勝負でもするか？　勝負方法は、お主が決めてよいぞ」

「……その勝負で俺が負けたら、どうなるんだ？」

「そうじゃの……ガルプの後釜の神のことでも教えてもらおうかの」

「そんなことでいいのか？」

「あぁ、勿論じゃ。お主に興味はないんでな、それくらいしか思いつかん」

「分かった。それで頼む」

ここは引くわけにはいかない。もしかすると、ガルプの他の使徒や、その能力に関する情報がまとめて手に入るかもしれないのだ。

しかし勝負と言っても、魔王相手に力勝負で勝てるわけない。

とくれば頭脳戦だが……魔王と言うからには、それも人間を大きく上回っているのだろうか？

少し試してみるか……。

「数字の勝負で頼む」

「数字の勝負じゃと？」

「ああ。俺が元いた所では、交渉事によく使われていた高度な勝負だ。ルールは簡単だ。二人で交互に、一から順に三つまでの数を言って、先に二十を言った方が負け、というものだ」

アルシオーネは首を傾げる。ピンと来ていないようだ。その様子を見て、俺は彼女がこのゲームを知らないことを確信する。

「簡単だろ？」

「分かった。こんな勝負でいいのか？　お主は変わっているな」

ゲームを知らないのなら都合がいい。このゲームには必勝法があるからだ。

「先に数を言っていいぞ」

俺は先攻を、アルシオーネに譲った。

「一・二・三」

アルシオーネが数を言う。

続けて俺も、「四・五」と言い、「六・七・八」、「九・十・十一」、「十二・十三・十四」、「十五」、「十六・十七・十八」と続く。

俺が「十九」と口にすると、「二十」とアルシオーネが言って、負けたことに気が付きハッとなった。

「はい、負け！」

アルシオーネに負けを伝えると、悔しそうな表情を浮かべる。

「……もう一回じゃ」

再戦を要求するので応じるが、当然のように次も俺の勝利。

アルシオーネは、かなり悔しがっている。

さらに再戦を要求してくるので、俺はここぞとばかりに提案を持ちかける。

「これ以上、勝負しても無意味だろ？　何か俺にメリットがなきゃな。無駄な勝負はしたくない」

「妾が負けたら、あの山をやる！」

アルシオーネは遠くにわずかに見える山を指さした。するとグランニールは焦って、アルシオーネに向かい叫んでいる。

グランニールはアルシオーネが話す、人族の言語を理解しているようだ。

「ア、アルシオーネ様！　あれはドラゴン族の住まう山……勝手に賭け代《しろ》にされては……！」

グランニールがアルシオーネに言っていた言葉だ。俺の【言語解読】でも聞き取れていた。

負けたら住処がなくなるから、当然だろう。

突然ドラゴンが吼えたことに驚いた女性たちは、座り込んで身を守るように震えていた。早めに終わらせないと可哀想《かわいそう》だな。

「いや、山なんていらない。そもそも、お前のものじゃないんだろう？」

「ぐぬぬ……では、他に何が欲しい？」

アルシオーネは負けた屈辱で、冷静さを欠いているようだ。

「一回勝つごとに、お前の恩恵を一つ、効果と名称を教えてくれ」

魔王の強さに恩恵の影響が大きいのは確かだ。敵を知ることも重要だと思い、できる限り情報を引き出すつもりで提案する。

「そんなことなら、いいぞ！　妾には恩恵が十一個あるから、十一回は勝負できるな」

……十一個だと⁉　完全にチートじゃないか。

こっちは交渉した末に、やっと八個習得したっていうのに……。やはりガルプは馬鹿なのか？

こんなことをしていれば、世界が崩壊して当たり前だろ！

元を正せば俺がこんな状況になっているのもガルプのせいだ。俺は強い憤りを覚えつつ、アルシオーネとの再戦に臨んだ。

結局、勝負は当然のように俺の全勝で終わる。

勝利の法則を知っている俺が、何も知らない素人に負けるはずがない。

このゲームは『三』『七』『十一』『十五』『十九』を押さえれば必ず勝てるのだ。たとえ『七』や『十一』が言えなくても『十五』を言えば、最後には『十九』を言って勝利だ。

種を明かせば子供騙しの簡単な法則なのだが、逆に言うと何も知らないで挑めば絶対に勝てない仕組みになっている。

アルシオーネは両手両膝を地面につき、下を向いて肩を震わせていた。

グランニールは「無敗のアルシオーネ様が負けた！」と騒いでいた。

「うるさい！」

アルシオーネが顔を上げる。負けたのがよほど悔しかったのか、半べそをかいていた。まさに小学生の泣き顔といった感じ。

腕でぐしぐしと涙を拭ったアルシオーネは立ち上がり、胸を張って言った。

「タクト！　お主はこの世界で唯一、妾に勝った奴じゃ。誇りに思え！」

……なんで、俺に負けたのに偉そうな態度なんだろう、と不思議に思った。

「さぁ、約束だ。まずはお前が何者なのか教えてくれ」

「うむ。妾は『転生者』……前世で死した後、神であるガルプによってこの世界に新たな肉体と恩恵を得て、ガルプの使徒として転生した」

「ガルプは使徒を転生させて送り込んでたのか？」

「前世の妾は幼く、余計な記憶を持たなかった。それがエクシズの環境に適合し、多数の恩恵を持ちながらも世界に悪影響を及ぼさない稀有《けう》な存在となった。話によると、妾を成功例として、後の者どもは、同じように記憶のない者を転生させていたようじゃな」

果たして魔王と恐れられる存在になることが成功なのかは分からないが、確かに余計な記憶や自我を持っていない者なら、転生しても傲《おご》りや欲望で失敗を犯すことはなさそうだ。

だが、ガルプは同じような転生者を、無軌道に様々な種族に送り込んでいたらしい。結局それで上手く行かない上に、いたずらに強大な力を持った者が世界中に生まれ、制御が難しくなってしまう。エクシズに世界的な悪が存在するかは分からないが、もし混乱や衰退の黒幕と呼べる者がいるのなら、それはガルプのことなんじゃないのか……？

ちなみに、自分より後から来た転生者のことはほとんど知らないようだ。まあそれについては、エリーヌの調べを待てばいいだろう。

「よし、話は分かった。それじゃあ次は、お前の恩恵を教えてくれ」

「いいじゃろう」

アルシオーネがステータスを開くと、そこには俺など比べ物にならない、とんでもない数字が並んでいる。

……この世界の最強ってこんな感じなのか。まさにバケモノだな……というのが、俺の率直な感想だった。

恩恵は申告通り十一個。今回は自分で見せてくれているおかげか、【鑑定眼】に頼らず全て見えた。

名前だけで効果が把握できるものもあるが、一応、アルシオーネから説明を受ける。

内訳については次の通り。


【不老】

その名の通り、発動時点から歳を取らなくなる。アルシオーネの姿を見る限り、人間で言えば十歳前後に発動したのだろう。

【不死（条件付）】

致命傷を受けても死なない能力だが、ある条件を満たすと消えてしまうのだとか。まあ、アルシオーネのステータスなら寿命以外で、そう必要にならないだろう。

【魔法反射（二倍）】

どんな攻撃魔法も術者に威力を二倍にして跳ね返す。ただ返すだけじゃなく二倍にするというのが素晴らしい！　しかも、回復や補助の魔法には効果を及ぼさない。

【転移】

自分の行った場所であればどこでも一瞬で移動できる。これは便利だ。俺が直面している問題もパッと解決できそうで羨ましい。

【オートスキル】

常時発動できないスキルをセットすると、強制的に常時発動に変えるスキル。スキル数はレベル依存。俺で言えば、【回復】と【治癒】をセットすれば、常に健康な状態を保てる、というわけだ。

【ＭＰ自動回復】

ＨＰの二五％を消費して発動し、二十四時間、自動でＭＰが回復する状態になる。回復量はレベル依存。ＭＰ回復は遅いから、戦闘中にでも回復できるのはいいな。

【レベル上限無効】

これは俺と同じものだ。無限に成長する魔王なんて考えたくない……。俺と違い、レベル百を超えても偽装は考えていないようだ。

【ステータス異常無効】

あらゆるステータスの異常を防げるらしい。

【全属性耐性】

全ての属性に対しての耐性を得る。これがあるのに【ステータス異常無効】がある理由はなんだろう？　属性耐性があるのに、ステータス異常になることがあるのだろうか。まあ、エクシズのステータス異常と、俺の知っているものが違う可能性はある。

【身体強化】

全ての身体能力が大幅に向上する常時発動スキル。レベルに応じて、二倍から三十倍といった幅があるようだ。アルシオーネの桁外れのステータスはこれが原因だろう。

【魔眼】

魔力の流れを探知したり、応用で生物の死期まで分かる眼。

……これらの説明を聞いて、完全にチートだということだけは理解した。この恩恵とステータスがあれば、当然のようにエクシズ最強の一角を担う存在となるはずだ。

恩恵はスキルではないので、俺は習得することができないだろう。魔王の強さを確認するはずだったが、余計に自信を喪失するハメになってしまった。

俺への説明を終えたアルシオーネが、グランニールを睨んでいる。

「グランニール、何をしておる」

グランニールが、隠れて何かしているようだ。「アルシオーネ様の敗北を、みなに伝えております」と言っている。

魔族にとって、無敗のアルシオーネが負けたことは信じられないらしく、とんでもない大事のようだ。それこそ、仲間内で共有しなければならないほどに。

俺はその光景に違和感を覚える。何かマジックアイテムがあるわけでもないのに、一体誰に対して、いかなる手段で会話を届けているのだろうか。

「……あれは、どうやって連絡を取っているんだ？」

「ステータスから、仲間登録《フレンド》している奴に連絡して、話しているだけじゃが？」

アルシオーネが不思議そうに答えた。

えっ、なんですかその便利そうな機能は！

俺は今までボッチで、存在すら知らなかったが、使えば遠くにいる相手とも通話できるなんて衝撃的だ。

ステータスを確認すると、確かに右下にページを捲《めく》るような記号がある。

その記号を押すと、仲間登録者一覧が表示された。

当然、今は真っ白で登録者はいない。

……あれ？　もしかして俺って、一から友達作りを始めなくちゃいけないのか。

別にボッチなことで傷を負うわけじゃないけど、しかし、言葉にできない何か大きなダメージを受けた気分だ。

俺はアルシオーネに向き直る。

「アルシオーネ。お前は一番が好きか？」

「おぅ、一番は気持ちがいいから好きだぞ！」

「……俺の仲間の一番最初に、アルシオーネの名を登録してやってもいいぞ！」

俺自身、何を言っているのだと思った。しかも、相手は魔王だ！　不敬すぎて殺されるのではないかと思えた。これも【呪詛：言語制限】のせいなのだが、説明したって分かってはもらえないだろう。

だが、

「なんじゃと!?　よいぞ！　一番最初の友になってやろう！」

アルシオーネは喜んで、早速登録の作業を始めている。どうやら単純な性格のようだ。俺の口調も気にしないのは、さすが魔王の器といったところか。

目の前に『アルシオーネより仲間登録申請（はい・いいえ）』という文字が現れた。

考える間もなく『はい』を押した。なんだか呆気ないが、俺は魔王と仲間になった。

この世界で初めて得た仲間に対し、思っていた以上に喜んでいる自分がいる。

「これからは、妾のことをアルと呼んでいいぞ！」

「友人の証のあだ名か？　よろしくな、アル。俺のこともタクトでいい」

俺はアルと笑い合う。

だが、この便利な機能で少し気になったのは、一定以上の知能があれば同じように使いこなしている魔物がいるかもしれない、ということだ。

先日のゴブリンも、この機能で状況の共有をされていたらヤバかっただろう。

「なぁ、ところで魔王ってなんなんだ？」

ふと気になったのでアルに聞いてみた。

魔王というのは、魔族の中でも強力な力を持った個体に対して、他の魔族たちが畏怖《いふ》や尊敬をすることで、その意識の集合体が世界に影響を与えて誕生する、象徴のような者たちのことだ。

魔王は『第〇柱の魔王』のような称号を与えられ、誕生すると魔族全体に通知されるそうだ。

誕生に喜んだり恐怖したり、そうした反応も種族によって様々。

そもそも、魔王という称号を得るのも、自分の意志とは関係ないそうだ。アル自身も、はるか昔に突然、魔王になったらしく、何がきっかけでそうなったのかも分からないらしい。

横並びに象徴とされてはいるが、魔王同士の繋がりはそう強いものではない。

アルは第二柱のネロと、第三柱のロッソと仲がいいくらいで、他の魔王には関心がないそうだ。

ネロは頻繁に連絡を取り合うくらい仲がよく、自分たちに危害を加えられなければ、世界がどうなろうが関心がないタイプらしい。

ロッソは基本的にダンジョンの奥に引きこもるため、数百年ほど姿を見ていないのだという。

俺は時間感覚が異次元だな、と思いつつ、アルの話を聞いていた。

ガルプが最後に転生させた者も最終的には第五柱、第六柱の魔王となり、タッグを組んで好き放題に暴れたので、上級神による裁きを受けた。

が、実際には上級神から依頼されたアルとネロが、恩恵の取得を条件に倒したのだという。

そこで俺は、アルの恩恵の多さについて考えてみた。

彼女は魔王でもあるが、実際はその力をもって何度もエクシズの脅威を取り除いてきた番人でもあるのではないだろうか？

本人たちにすればそんな気は全くないだろうが、恩恵の数と実力から考えると、そういう可能性も高いと思えた。


さて、本題である女性たちの護送についてだ。当初はグランニールに運んでもらう予定だったのだが、せっかくアルと友達になったことだし、彼女の【転移】でゴンド村まで移動することにした。

「アル、頼む」

「うむ、お安い御用じゃ！」

光に包まれたと思った直後、俺たちは一瞬で、村が見える場所に移動していた。

これが【転移】か！　俺は感動し、女性たちはひたすらに驚いている様子だった。

「もう一つ、頼めるか？」

「なんじゃ？」

「ライラ！」

俺はライラを呼ぶ。

「森近くの人通りの多い場所まで連れて行ってほしいんだが、いいか？」

「構わんぞ」

俺の頼みにアルは即答する。

一方、短時間とはいえ、魔王と二人っきりになると知ったライラの顔は青ざめていた。

（御主人様。私も同行しましょう）

心配してくれたのか、シロはこっそりそう申し出てくれた。

シロも見た目はただの白猫なので、ライラの不安を解消できるかは疑問だったが、いないよりはマシだろう。

アルに追加でシロも頼むが、快《こころよ》く承諾してくれた。

「ありがとうな！」

「友人の頼みじゃ！　遠慮するな」

この場合の『友人』とは、クロのことか、それとも俺なのだろうか？

追及するのもヤブヘビなので、聞かずにおく。

そしてアルは、用事があるというのでここで別れることになった。

またいつでも呼べと気安く言うアルと別れの挨拶を交わした。

魔王とドラゴンの与えた衝撃から女性たちが落ち着きを取り戻すの待って、ゴンド村へ案内してもらうことになった。

シロも戻ってきたので同行する。道すがら、シロの報告を聞く。

（アルシオーネ様のおかげで、人通りの多い街道で、商人に乗せていただいたのですが、悪人ではないと確信しましたのでお任せしてきました）

（送り届けるだけじゃなく、人の見極めまでやってくれてありがとうな！）

（いえ、御主人様のご命令とあらば……）

俺はシロを褒め、頭を撫でた。シロもくすぐったそうに頭を下げる。

一方のクロは、所在なさげにしていた。そしてアルを連れてきたことを謝ってくる。

「クロ、アルを連れてきてくれたのは結果オーライだったからいいよ。ただ今後は、魔王と接触した時にはすぐに教えてほしい。味方ばかりじゃないだろうからな」

「かしこまりました」

女性たちは、村が近づくにつれ足早になっていった。ようやく安らげる場所に帰れるのだ、逸る気持ちを抑えられないのだろう。

村の中から、こちらの姿を認めた一人が、他の村人たちを呼んでいた。

そして家族らしき人々が駆け寄ってくる。

「お前たち、無事だったのか！」

「うん……！」

父親だろうか、女性の一人と抱き合い、再会を喜び合う。

他のゴンド村出身者も泣きながら家族と対面していた。

お互いにもう、生きて再会できることなどないと覚悟をしていたのだろう。

その最中、俺を見た村人たちは、一斉に警戒の色を強めた。俺は肩にクロを乗せ、腕にシロを抱えている。魔物と密接な関係にあることは明白だった。

「待って、この人は違うの！　私たちを助けてくれた、恩人なのよ！」

間に立った女性が弁明し、家族を納得させてくれた。そして村長らしき老人と、お付きらしき数人が、俺たちの方に歩いてきた。

「この度は、村の娘たちを助けていただき、ありがとうございました」

尊重が深々と頭を下げると、他の村人も頭を下げる。

「気にするな。そうだ、俺も聞きたいことがある。教えてくれないか？」

年若い俺が村長に対して無礼な口調を取るせいか、村人たちは顔を見合わせて驚いていた。

敬語が使えないのは、やはり辛いな。

何か対策を練らないと、そのうちに大きな問題になりそうだ。

女性たちを落ち着ける場所に預けた後、俺は村長の家で村の状況について教えてもらうことになった。

ゴブリンやオークの被害のせいか、やつれている男性たちが同席している。

まずはじめに、俺は呪詛に掛かっているため、丁寧な言葉遣いはできないことを説明し謝罪した。村長は気にしなくていいと言ってくれたので安心する。

「この村は、迷いの森がそう呼ばれる前から、森と共存して参りました。しかし五十年ほど前でしょうか、森で凶暴な魔物と遭遇することが多くなりました。魔物を避けようとしても森は迷いやすくなっており、奥へ行くこともできず、村は困窮《こんきゅう》の一途を辿っていたのです。そんな中、ここ最近のゴブリンやオークの襲撃で、人や食べ物も奪われてしまっており……」

なるほど。その原因は間違いなく、ジロイなのだろうな。

どれだけ苦しい状況に置かれようと生まれ育った土地をそう簡単に離れられない彼らは、相当つらい状況で生きていたのだろう。村人は痩せている人ばかりで、俺が問題を解決しなければいずれは全滅していただろう。

「原因になっていた森の強大な魔力は俺が取り除いた。これで、森で迷うこともないだろう」

真実はもっと複雑なのだが、彼らに話しても不安を煽るだけなので、シンプルに伝えた。

「魔物も動物も、本来の暮らしに戻っていくはずだ。あと、ゴブリンの集落は潰した。ただ、助けられなかった人もいる。詳細は、一緒に戻って来た彼女らにでも聞いてくれ」

「おお……ありがとうございます！　しかし、森は本当に安全な場所に戻ったのでしょうか？　疑うわけではありませんが、五十年もの間、あそこは迷いの森になっていたのです……」

「そうだな……それなら、一緒に森の入口に来てもらえれば証明できるかも知れないな」

今まで、散々な目に遭わされた魔物が、突然いなくなったと言っても、簡単には信じられないのだろう。

さすがにリラに頼めば証明してくれるだろうから、俺は村人たちを一緒に連れていくことにした。

「待ってください。外にいる魔物も、その男の仲間なのでしょう？　簡単に信用するのは……」

一人の男性が声を上げる。外の魔物とはシロとクロのことだ。村人が怯えるので、村の外で待機してもらっている。

まあ、魔物と懇意《こんい》にしているような奴がいきなりやって来て、村を襲っていた諸問題の一切を突然解決したなんて上手い話、信じられるわけがない。

村長はお付きの男性に命じて、一人の女性を連れてこさせた。

彼女は俺に姉を殺すよう懇願した女性で、フランという名前だった。少し休んで食事もしたのか、赤毛の下の顔は幾分か艶《つや》を取り戻していた。

彼女は時おり苦しそうにしながらも、事の顛末を話してくれた。そのついでにアルと俺が仲間になったことを話されたらどうしようかと思っていたが、ゴブリンのことや、捕まってから助けられるまでの話をした。

そして俺が手を汚した人々のことは、助けられた時にはもう死んでいた、と話した。

恐らく、俺に無用な嫌疑《けんぎ》がかからないよう、あの場にいた彼女たちの間で口裏を合わせることにしたのだろう。もしかすると、殺すという決断を下した自分たちの負い目なのかもしれないが……。

フランの話を聞き終えた村人たちは、驚いていた。

村で育ったフランの言葉を疑う者はいなかった。

話し終えたフランは、今まで我慢していたのか、話したことで気が楽になったのか分からないが、両手で顔を覆い泣き続けている。

みんながフランの気持ちが落ち着くまで、何も話さずにフランを見守っていた。

彼女の証言で、俺が危険人物でないことが証明され、シロとクロのことについても渋々という形ではあるが村人たちに認められた。

◇◆◇◆◇◆◇◆◇◆◇◆◇◆◇◆◇◆◇◆

村長と数人の村人とで、森の入口まで来た。

入口と言っても、少し樹木が分かれて小道ができている程度で、明確に目印が立っているわけではない。入口と言われなければ分からないが、今も昔も、ゴンド村の住人はここから森に入っているようだ。

樹に手を当てて、リラとの連絡を取ってみる。

（タクトだ！　リラ、聞こえるか？）

（はい、何かご用ですか？）

（森のことで、ゴンド村の村人に説明が必要なんだ。一番森に詳しいリラに話をしてほしい。姿を見せられるか？）

　俺の言葉に、リラは少し考えているようだった。

（……本来なら、むやみやたらと姿を現さないのですが、タクト様のお願いなら仕方ありませんね）

　ややあって樹木《じゅもく》の影から、リラが姿を現した。突然、目の前に現れた美女に、村人たちがどよめく。

「彼女はドライアドのリラだ。この森を管理し、守っている存在だ」

　ドライアドだと分かると、村人たちは何やら相談し始めた。漏れ聞こえてくる話によれば、本当にドライアドなのか疑っているらしい。

　確かに、ドライアドというのは男性を誘惑して樹の養分にしてしまうようだから脅威でしかない。ところが俺の予想に反し、村人は全員が跪《ひざまず》き、感激したように叫んだ。

「まさか、生きているうちにお会いできるとは！」

　祈りを捧げるような恰好《かっこう》に、リラは微笑む。

　話を聞くと、実は先祖代々、森と共存しているゴンド村の人たちにとって、ドライアドは聖なる存在であるらしい。樹木を伐採する際も、木の実を取る際もドライアドに感謝を忘れずに過ごしているのだとか。

養分にされるのは、森に対して破壊をするなどの愚かな行為をする者だけという認識のようだ。村の言い伝えにも、ドライアドを粗末に扱う者には森の加護は受けられないとあるらしく、どうやら本当に大事にされているようだ。

リラもそのことは当然知っていたらしく、確かにそんな神格化された存在が、ほいほい出てきてはならないよな、と思ってしまった。

俺の願いもあったが、相手がゴンド村の住人だったから素直に応じてくれたのかもしれない。

「リラ、現状の森のことや経緯などを説明してくれ」

リラは笑顔で頷くと、現状の森について説明を始める。

ゴブリンは間違いなく全滅し、森の中には一匹もいなくなったこと。

魔物は森の中央の人が踏み入ることのない場所に集まり、動物は逆に、人がよく踏み入る場所に戻っているということ。

「オークはいまだ集落を作っておりますが、そちらのタクト様にお願いすれば解決してくださると思いますよ」

喜んでいた村人たちの視線が、一斉に俺に向いた。みな、期待の眼差しを送っている。

こいつ、サラッと爆弾発言しやがった……とリラを睨むが、リラは涼しい顔をしていた。

「ちょっと待てリラ！　少しだけ二人で話をしようか」

リラを木陰に引っ張っていき、どういうつもりであんなことを言ったのかを問いただす。

「最近のオークは数が増えすぎて、森を過剰に伐採《ばっさい》するので困っているのですよ。特に最近、どなたかがゴブリンを全滅させたので、対等に戦える敵もいなくなったオークは調子に乗っております。本当にどうしようか、悩んでいたのですよ」

軽い感じで話しているが、原因は俺だとはっきり言っているようなものだ。

「オーク討伐を受けていただければ、私からも報酬をお渡しいたしますので、何卒《なにとぞ》」

村人たちの前で言われてしまっては、俺が断れるはずもないと踏んだのだろう。リラは上手いこと俺を利用するつもりのようだ。

恩を仇《あだ》で返すような行為ではあるが、村人の期待を裏切ることはできないと、俺はため息をついた。

仕方ないと腹を括り、リラの依頼を受けることにした。

「それで、報酬って？　またドライアドの実か？」

「私のユニークスキルである【複製《ふくせい》】と【隠蔽《いんぺい》】をお教えいたします」

「ユニークスキル？」

聞き慣れない言葉に戸惑う。

「ユニークスキルを教えるって、どういうことだ？」

「ステータス画面を確認してみて下さい」

リラに言われてステータス画面を開く。そこには確かに【複製】と【隠蔽】という恩恵が表示されていた。しかも恩恵でなく『ユニークスキル』の項目だ。

何度も見たステータスだが今まで、このユニークスキルの項目はなかった。同時に、エリーヌからもらった恩恵もユニークスキルとして登録し直されていた。

それよりも……。

アルに教えてもらった恩恵も習得している。奪った……。いや、それはないはずだ。

奪ったのであれば、アルが気づくはずだし、リラにもその様子はない。

俺の【全知全能】、【全スキル習得】の効果なのか？　そうであれば説明がつく。

《【全知全能】、神から与えられる恩恵と、エクシズで使われるユニークスキルは同じなのか？》

《はい。同一のものです》

エリーヌには教えてもらってない概念だ。しかも、スキル値を払って習得する必要がないのはありがたい。

習得の条件はなんだろうか？　リラと会った時は習得できていなかったし、今みたいに詳細を教えてもらう、あるいは見せてもらうことが習得条件になるのだろうか？

【全スキル習得】にユニークスキルも含まれているなんて、俺もエリーヌも考えていなかった。

恩恵……この世界で言うユニークスキルは神から授かったり精霊くらいしか身に付けられない、特別で高度なものだと思いこんでいたからだ。

この世界に転生して初めて、ポンコツ女神に心から感謝をした。

「こんなの俺も知らなかったのに、どうして気が付いた？」

「私は森の中のことは全て把握しておりますわ。タクト様が私と交信した時点で、タクト様の得ている恩恵も読み取らせていただきました」

「なるほどな……」

「もう、先払いは完了しましたから、私の頼みは取消しできませんよね」

【複製】と【隠蔽】は直感的に理解してしまったため、あえなく習得した。押し売り詐欺に近いとさえ言える。

「分かったよ、引き受ける」

「ありがとうございます。ゴブリンとオークとの全面戦争が回避できただけでなく、両種族とも討伐していただけると、私としましてもありがたいのです。本当に感謝いたします」

俺はリラの言葉に胡散《うさん》臭いものを感じた。どうも人間を超越しているらしい精霊の考えだ、そうなるように仕向けているのだろうと思った。

リラのユニークスキルは次の通り。

【複製】

個体であれば物体を二つまで、同品質で複製できる。ただし生物は複製できない。品質は下げられるが、三つ以上は増やせない。

【隠蔽】

あらゆる物体や情報などを他人から隠すことができる。

まぁ、特異な能力でもなく、ほぼ名前を見て予想した通りだ。

「……ところで、リラも仲間登録できるのか？」

「残念ですが、精霊に近い存在の私は、その機能を持ち合わせておりません。そもそも外部とはできるだけ接触を避けるようにしていますし……」

試しに言ってみただけだが、俺は落胆した。同時に、仲間登録できれば、誰でもいいのかと思った自分を恥じた。

俺とリラは、村人たちの前へ戻る。

「みなさん、タクト様がオーク討伐を快く了承してくださいました」

リラが清々しい顔で話す。

歓喜に湧く村人たち。

微妙に納得いかない俺。

「タクト様、本当に、本当にありがとうございます……！」

村長は泣きながら縋ってくる。村人たちも、まるで既に討伐に成功したようなテンションで口々に感謝を述べてきた。まだ戦ってもいないんだけどな……。

「では、私はこの辺で」

そう言うと、リラは森の中に消えていった。

◇◆◇◆◇◆◇◆◇◆◇◆◇◆◇◆◇◆

その夜。俺は村長の家の客間に泊まることとなった。

シロとクロにはオークの集落の偵察に出てもらっている。夜にまで働かせて申し訳ないと言うと、逆に二匹とも張り切った様子だった。

俺はステータス欄を確認し、増えた恩恵を見てニヤつく。恩恵とユニークスキルが同じものだと分かったが、言い慣れた恩恵という言葉を無意識に使ってしまう。

とても喜ばしいことだが、エリーヌに報告すると調子に乗りそうだったので、あえて黙っておくことにした。

不意に扉をノックされる音に身を起こす。

「いいぞ」

俺は「どうぞ」も使えないことに気づく。今まで、無意識に敬語や丁寧語を普通に使っていたことにショックを受ける。

俺の返事に反応して、一組の夫婦らしき男女が入ってきた。

「こんな夜に何か用か？」

発する言葉はこうだが、本当は「こんな夜分にどうしましたか？」と言っている。一応、村人は俺の呪詛のことを知っているので、不快感は与えていないと信じたい。

「実は、折り入ってご相談なのですが……」

夫婦の相談は、ゴブリンの集落を襲撃した際に、さらわれた女性の所持品などがあれば、見せてほしいというものだった。娘の遺品が入っているかもしれないのだという。悲しそうな表情で話す夫婦に、俺は同情する。

「特に心当たりはないが、調べてみるので外で待っていてくれ」

夫婦を部屋の外に出して【アイテムボックス】で、宝物庫から盗んできた物を確認する。と言ってもほとんどはゴブリンにしか価値がないであろう物ばかり。

それらしい物といえば、五十センチくらいの木箱だ。

蓋を開けてみると、髪飾りや貴金属が入っている。

さらわれた女性たちの物だと、一目で理解できた。

「他にも同じように、被害に遭った人がいる家族を呼んできてくれるか？」

俺が部屋の外で待つ夫婦にお願いしていると、村長がやってきた。

「何かあったのですか？」

魔物の襲撃でもあったのかと気が気でないようだ。常に怯えて暮らしている、悲しいさがのようなものだろう。

「これは、ゴブリンの宝物庫で見つけたものだ。もしかしたら、あんたたちの家族の物もあるかもしれない。全て渡すから、そうだと思う物は持っていってくれ」

やがて集まった人たちの前で、俺は木箱の中身を全て開けた。

想像よりずっと多い人が、木箱の前に群がる。

ある人は髪飾りを、ある人はペンダントを。ゴブリンたちにとって大した価値もないと思われ、木箱に乱雑に放り込まれたそれらを見つけては涙を流す。そこにこもっている感情の全ては、俺には分かりかねる。

「ありがとうございます」

フランは礼を言いに、俺の横まで来た。

「……姉の件は悪かったな」

「いえ、あれが姉の希望でしたから」

寂しそうな横顔だ。

兄弟のいない俺には、その関係性がよく分からない。

しかし、大切な人がいなくなるのが寂しくて、悲しいことくらいは俺にも分かる。

「オーク討伐に行くそうですね」

「成り行きでな。明日の夜にでも行こうと思う」

「そうですか……」

女性と二人っきりなんて、いつ以来だろう。会話が続かない。

俺って、こんなにコミュ障だったか？　と考える。

「シロちゃん、可愛いですね」

「ん？　そうか？」

俺たちがリラと会っている間、クロは上空で監視をしていた。

シロは子供たちに人気だったので、そのまま子供たちと交流をしてもらっていた。

「怖くないのか？」

「魔物が怖くないと言えば、嘘になります。随分と酷い目にも遭いましたし……。でも、全ての人間がいい人でないのと同じで、魔物も全てが悪いわけではないと思います」

　フランのように種族差別をしない考えの人がいるのは、ありがたいことだ。

「タクト様の衣服に付いている、その模様は何ですか？」

「あぁ、これか」

　俺は四葉マークを、信仰している神のシンボルであり、ご利益《りやく》があるようにと常に身に着けているのだと説明した。そして俺が、平和を願う神の信仰を広めるために旅をしているのだとも。

「そうなのですか。タクト様が信仰しているということは、その神様はよほど凄いお力をお持ちなのですね」

　俺の評価が上がれば、エリーヌの評価も上がるのはいいことだ。だが、何故か腹が立つ。俺への扱いに対する不満もあるとは思うが、ポンコツ女神が素晴らしいと思われることへの拒否反応かもしれない。

　あいつがすごい所なんて、俺に対して無意識に呪詛を施したことくらいしか思いつかない。

「大昔にはそうした信仰があったと聞きますが、今はもう廃れて久しいです。タクト様の行いは素敵だと思いますよ」

「そうか、ありがとう」

「さしずめタクト様は『四葉の使徒』ですね」

『四葉の使徒』か！

　響きがかっこいい。これからこの名称を使っていこうと、密かに思う。

◇◆◇◆◇◆◇◆◇◆◇◆◇◆◇◆◇◆◇◆◇◆

宿泊用に用意してもらった部屋で、ステータスを開く。
昼間にアルの恩恵を習得したのは分かったが、【不老】と【不死（条件付）】は表示はされているが灰色になっている。エリーヌに拒否された【不老不死】とほぼ同じ恩恵だが……。
《【全知全能】、俺のステータスで、ユニークスキルの一部が灰色になっているのは何故だ？》
《習得不可のユニークスキルになります》
《表示はされるが、習得できてはいないということか？》
《はい。その通りです》
《習得できない理由はなんだ？》
《神による規制になります》
さすがにその辺の対策はされてるか。抜け道のようなものかと少しだけ期待したが、仕方がないと諦めた。
続けて、習得した【オートスキル】にセットするスキルを考えていた。セットできる数は一つ。
これは俺のレベルが低いからだろう。
問題は、その一つを何にするかだ。候補は【MP自動回復】と、【回復】の二つ。
昨日のゴブリンとの戦闘では、HPとMPでは、MPの減少が激しかった。

状況にもよるだろうが、基本的に魔法主体で戦うのなら豊富なＭＰは必須となる。

確かにＨＰは重要だ。ＭＰと違い枯渇すれば、それは即ち死を意味するのだから。

だが、それを回復する手段がなくなっては元も子もない。これからは頻繁に【回復】を使用することになるだろう、と予想した。

【ＭＰ自動回復】をセットすることに決めた。

作業を終えた俺は、硬いベッドに寝転がった。エクシズに来てから、初めてまともな寝具で睡眠を取ることができる。

決して、いいベッドではないが、今の俺には十分過ぎるほどだ。

早く、こういう生活が普通だと思えるようにしたいと思いながら、眠りについた。

第五話　魔王再び！

それはオーク討伐の前夜、熟睡していた時であった。

突然体の上に降ってきたアルに叩き起こされた俺は、外はまだ日も昇っていないことを確認しつつ、ベッドの上にいた少女を見て驚いた。

女子小学生が増えている。しかも今度は、ゴスロリ系のファッションに身を包んだ女の子だ。

俺が目覚めているのを確認すると早々に、新たな女子小学生が叫ぶ。

「お前が、タクトか～！　アルの仇《かたき》を取りに来たの～、勝負するの～！」

「……お前、誰だ？」

「こいつは話しとった第二柱の魔王じゃ！　ちなみに妾と同じ転生者じゃ」

「ネロなの～！」

「はぁ～……」

シロとクロも驚いて目を覚ましているのだが、魔王相手のためか何もできないでいる。

とりあえず二人には、他の村人に迷惑が掛かるから、静かにするように言って聞かせる。

ビックリして目を丸くしていたシロとクロには、部屋の外を見張っておいてもらうことにした。

しかし、魔王というのはこんな見てくれの奴ばかりなのか？

アル同様、実力を見た目で判断してはいけないが……。

「とりあえずはアル、事情を説明してくれ」

「……まぁ、そのあれじゃ！」

恥ずかしそうに、アルは顛末を語る。

俺との勝負に負けた後に、グランニールから魔族にそのことが伝えられ、当然それはネロの耳にも入った。

ネロはすぐにアルと連絡を取り、アル本人の口から、あっさりと俺に負けたことを告げられる。

無敗だったアルを敗北させた俺に勝利すれば、必然的にアルより自分の方が優秀だということを証明できる……と考え、喜び勇んで飛んできたらしい。

アルは乗り気ではなかったのだが、ネロが俺を侮辱《ぶじょく》するようなことを言うのが許せなかったらしく、そこまで言うのならと案内したようだ。

正直、面倒に巻き込まれたと思った。

それに、拒否するという選択肢は俺にはないのだろう。

「……勝負は昨日と同じでいいか？」

「もちろんなの～！　私がアルより優秀なことを証明してやるの～！」

「負けたら恩恵公開だけど、いいのか？」

「条件は同じでいいの～！　ちなみに私も十一個持ちなの～！」

……まぁ、魔王なのだから、当然そうだろうと予想していたが。

とりあえず、一回目は練習にした。

……当然のように、練習も本番も俺がボロ勝ちした。

五回目くらいでアルから「これ以上やっても、結果は同じじゃぞ」と言われるも、アルに馬鹿にされたと思ったネロは、ムキになって俺との勝負を継続した。

俺もまた、ネロの恩恵の情報を聞き出したいので、勝負を途中で止めるつもりはなかった、結果は、俺の全勝。ネロはアルと同じように両手両膝をついて下を向いている。

なにやら、ブツブツと小声で話しているが、よく聞こえない。

ネロが負けた瞬間、アルは嬉しそうな表情を浮かべ、誰かに連絡を取っていた。

多分この勝負のことも、あっという間に魔族の間に広まってしまうのだろう。魔王を二人も下した奴として、これ以上の面倒事が舞い込んでこないことを祈る。

「なっ！　タクトには敵わんと言ったじゃろう？」

「タクトは、アルの師匠なの～？」

「そうじゃ、タクトは妾の師匠なのじゃ！」

「えっ、ちょっと待て！　そんなこと言った覚えないぞ！」

「気にするでない！　この妾が決めたことじゃ！」

師弟《してい》関係の成立に、俺の意志は関係ないようだ。

それに、俺が何を言っても、アルの考えが覆らないことも薄々分かっていた。

たぶん面白いので、この場を盛り上げるために、適当なことを言っているのだろう。

「私も、タクトに弟子入りするの～！」

「はぁ～？」

よく分からないまま俺は、魔王二人の師匠になった。言葉の響きだけだと、俺は最強だ。

「妾が一番弟子で、ネロが二番弟子じゃな！」

「また、二番なの～⁉」

ネロは二番弟子というか、二番なのが気に入らないらしい。

「ちなみに、タクトの仲間登録も、妾が一番なのじゃぞ！」

「ズルいの～！　私も登録するの～！」

アルがネロに余計なことを言い、結局、ネロも俺と仲間登録することになった。

魔王二人しかいない仲間欄を見て、俺は乾いた笑いを漏らした。

さすがに騙しているようで気が引けたので、アルとネロに、俺が恩恵をコピーできること、アルの時は知らなかったが、後で知ってネロにはそういう目的で勝負を持ちかけた、と本当のことを話す。怒られるかとも思ったが、二人は別に気にしていない、とからっとした態度だった。

さて、勝負は勝負なのでネロの恩恵も教えてもらうとしよう。

ネロの恩恵は申告通り十一個。ほとんどはアルと被っていたが、【物理ダメージ半減】と【魔法威力増加（十倍）】という恩恵は新規のものだった。たぶん、アルをテンプレートにしたせいだろう。そこに後から追加された恩恵が加わった形か。

ついでにネロのこともっと詳しく聞いておきたいと思った。情報は多いに越したことはないからな。

「ところで、お前らって種族なんなの？」

見た目的にはコスプレしてる小学生だが、アルはなんとなく察することができるものの、ネロに至っては普通の人間とさほど変わりない。

「妾は『龍人《りゅうじん》』じゃ！」

「私は、『吸血鬼』なの〜！」

なるほど。どちらもファンタジーなら有名な種族だ。

「ネロは、太陽とか十字架とかニンニクは大丈夫なのか？」

この世界の吸血鬼にも、地球の伝承のような弱点があるのか気になって質問をする。

「太陽は嫌いだけど、問題ないの〜！　十字架やニンニクってなんなの〜？」

「陽の光に当たると死ぬってわけじゃないんだな。でも、昼は活動できないんじゃないのか？」

「太陽の光に当たっても死なないけど、力が落ちちゃうから、普通はみんな夜型なの〜。私は【全属性耐性】があるから、昼型の吸血鬼なの〜」

十字架やニンニクはエクシズにはないのか……。

吸血鬼で昼型なのもどうかと思うが、日傘を持っているのは、美容のためってわけではないようだ。

「恩恵の力は種族の弱点すら克服させるのか。凄まじいな」

俺が感心していると、ふとアルが不思議そうに口にした。

「ところで、そんなに幾つもの恩恵を習得して、寿命は大丈夫なのか？」

「え？　どういうことだ？」

「人間は寿命が短いのに、タクトは【不老不死】持ってないの～？」

「ああ、【不老不死】は世界のバランスがどうとかで、神から断られたからな」

「妾たちは条件付きとはいえ、不死じゃからよいが、タクトは違うじゃろ？」

「恩恵そんなに習得したら、寿命なくなっちゃうと思うの～」

「なんだって⁉」

アルとネロの話によれば、本来恩恵というのは、自分の心身を犠牲にして習得するものらしい。

一般には知られていないが、習得すると寿命が縮まる。

魔族に比べて人族は寿命が短いので、多く習得すれば、それだけ早死にする。逆に精霊のリラや、不老不死のアルたちには無関係の話だ。

「なんなら【魔眼】で『死期』見てやるぞ」

もしこれで残り一年とかだったら……いきなりの余命宣告だ！　こんな展開は予想していなかった。

【全知全能】にも確認したが、アルの言う通りだった。恩恵についてのデメリットなんて、エリーヌは説明してくれなかった……。

でも、これに関してはさすがに責められない。エリーヌだって、俺が恩恵をこんなにたくさん得るなんて思ってなかっただろうし、あえて報告しなかったのは俺なのだ。

これだけのチート能力、リスクがないわけがないのに、深く考えなかった俺が甘かった。

現実を受け入れるしかないが、何かしらの対策はあると信じて取り急ぎ、エリーヌに連絡をした。

◇◆◇◆◇◆◇◆◇◆◇◆◇◆◇◆◇◆◇◆◇◆

「申し訳ありませんが、既に減った寿命はお返しできません。一応、対策はいたしますが……」

「ええ……」

エリーヌもやっぱり予想外というか初耳だったらしく、俺から内容を聞かされ、泡を食ったようにモクレンを呼んだ。

で、聞かされたのは、寿命の返還はできないという残酷な事実だった。

「対策って、具体的に何を……？」

「あなたのスキルを神に返還すれば、その習得ポイントと恩恵の習得ポイントで相殺《そうさい》し、寿命が減らないように調整しておきます」

つまりはこういうことだ。

たとえばスキル値が十ポイント分の価値のある恩恵があったとする。恩恵一つで一年寿命が縮むとして、通常スキルを同量のポイント分削除すれば、恩恵を習得しても寿命は縮まない。

俺は恩恵を認識すると習得してしまうので、もし相殺しようと思ったら実用的で高コストのスキルよりも、役に立たなくても低コストのスキルをたくさん持っておく必要がある。

恩恵は習得ポイントがあらかじめ分からないので、なすすべなく寿命が減ってしまう可能性もある。

通常のシステムだと俺には与えられないというので、【呪詛：恩恵の代償】という形で改めて施されることになった。

また呪詛か……。

「この呪詛は、他の人からは見えませんので安心してください」

何を基準に安心としているのか疑問だ。だが、文句を言ったところで、現状が変わるわけでもない。逆にこのタイミングで分かってよかったと思うべきか。もっと後だったら、知らずに死んでいたかもしれない。魔王であるアルに助けられたことになる。

「まぁ、これも不可抗力ってことで！　ドンマイ！」

エリーヌは特に悪びれることもなかったが、何か文句を言うと無意識に呪詛を施される可能性もあるので、俺は黙らざるを得なかった。

これからはあまりスキルの取得ができない。世間的に見れば俺は、無職でスキルもろくに持っていない敬語の使えないガキ、ということになってしまうのだろう。

我がことながら、見事なまでのクズだった。

◇◆◇◆◇◆◇◆◇◆◇◆◇◆◇◆◇◆◇◆

【神との対話】をしていたことは、アルとネロは気づいていなかった。エクシズで干渉できるのは、シロとクロだけのようだ。ガルプの使徒や眷属では、仕える神が異なるので、俺とエリーヌとの関係に干渉できないのだろう。

「タクトよ。忠告しておくが、恩恵という言葉……できるだけ使わぬほうがいいぞ」

「どうしてだ？」

「それを使うのは神の使徒だけなの～。この世界では、普通はみんなユニークスキルって言ってるの～」

……そうか、使いやすい方を使ったつもりだったが、二択を誤ったようだ。確かに特殊な出自の単語だとバレれば、トラブルに巻き込まれやすくなる。もし敵対する使徒がいればなおさらだろう。

エクシズの先輩の忠告は、素直に聞くことにしておいた。


外を見ると、既に朝日が昇ろうとしていた。

この二人のせいで目覚めは最悪だったが、貴重な時間を過ごせた。

今後も、二人には色々と教えてもらうことがあるだろう。

「いつまでいる気だ？」

帰る素振りを見せない二人に聞く。

「お主といると面白そうなので、今日は一緒に行動するつもりじゃ」

「そうするの～」

相変わらず、俺の意思など関係なしに、まるで決定事項として話してくる。

「俺は今日、大事な用事があるから。お前らとはこれ以上は遊べないぞ！」

「なんじゃと！」

「えぇ～、いやなの～」

アルとネロは不服そうだ。

何度も何度も「どうして」と聞いてくる二人に根負けし、ついにオークの集落を襲撃することを教えてしまった。

すると案の定というか、当然のように二人は「面白そうだから見学する」と勝手に決めてしまった。

村人に見つかって、面倒なことになる前に帰ってほしい……と内心思っているのだが、聞き入れてもらえそうになかった。

◇◆◇◆◇◆◇◆◇◆◇◆◇◆◇◆◇◆◇◆◇◆

あまり眠れないまま襲撃の時間になってしまった。

クロの情報だと、集落は森を切り拓いた場所と、その先の洞窟の二箇所。

森の集落は、オークたちの生活の基盤になっている場所のようだ。何かあるのか、洞窟内にも大量の食糧を運んだりしているらしい。

悪いことに昨晩、何も知らない人族が洞窟に入り、出てこなくなったとクロが伝えてきた。外にオークたちがうろうろしているので、生存しているかも不明らしい。

洞窟内で身を隠していればいいが、万が一捕まれば確実に殺されてしまうだろう。

そうなる前になるだけ助け出したい。

オークの数は、確認できているだけで八十から九十四。繁殖力に優れているとされていたゴブリンよりも数が多い。

リラが「ゴブリンとオークとの全面戦争」と言っていたが、その準備のために数を増やしていたのだろうか？

一気に洞窟に突入して、森の集落のオークに挟み撃ちにされるとまずい。先に森の集落にいるオークを討伐して、オークの数を減らした方が賢明だろう。

ゴブリンの時と同様に、空からクロに監視してもらい、シロは俺たちに同行してもらっている。

遠足に出かけるようなテンションのアルとネロを見て、俺は嘆息した。

「ところで本当にやるのか？」

「おう、もちろんじゃ！」

「アルには、絶対に負けないの～！」

当初は見学だけという話だったのだが、何故か二人して競い合うことになってしまった。

俺が発した何気ない一言で、妙な闘争心に火がついてしまったのだ。

それは集落に向かう道すがらのことだった。

「やっぱりアルが、エクシズで一番強いのか？」

アルは得意げに答えた。

「そうじゃ！」

だが、ネロは不服そうな声を上げる。

「違うの〜。私の方が強いの〜」

「何を言っておる。妾に決まっておろう」

「違うの〜」

アルもネロも譲らない。

喧嘩でもされたら面倒だったので、俺は場を収めるべく、勝負という形式を二人に提案した。

勝負内容は『オーク討伐』。つまり、彼女らの圧倒的な力を使い、オーク潰しを優位に進めようという魂胆だ。審判は俺。二人は一も二もなく乗っかってきた。


集落前に着いた俺たちはルールを確認した。

スタートは俺が十匹のオークを倒した時。競う条件は「より大きい頭を持ってこれるか」そして「より多くの核を持ってこれるか」の二つ。

大規模な攻撃によって森に被害を与えたら即失格。相手が狩っても、自分が頭や核を回収すればそれは自分の得点となる。

「簡単なことじゃ！　オークどもを全員殺して、核を全て奪ってくれれば妾の勝ちじゃ！」

「私の方が絶対にアルよりたくさん、核を集めるの～。おっきい頭も持ってくれれば完璧に勝ちなの～」

勝利条件を二つ設定したのには理由がある。それは、どちらか片方が大勝してしまわないようにするためだ。俺の直感では、どちらが勝利しても面倒なことになる。

だからあれこれ理由を付けて、最初から引き分けに持ち込むつもりだった。

「じゃあ、俺が十四倒したらスタートだからな。クロにシロ、反則していないか監視してくれ」

「承知いたしました。皆様には不正のないよう先に、パーティーにご登録願います」

「おぅ！」

「了解なの～！」

……パーティー登録ってなんだ？

そもそも俺は、その機能自体を知らない。

ボッチに対して、当たり前のように話を進めないでほしいと、少しだけ寂しい気持ちになる。

「パーティー登録ってなんだ？」

俺は恥を承知で、アルとネロに聞く。

「おぉ！　タクトはパーティー組んだことないのか。では、妾たちが初パーティーということだな」

「やった～、一番なの～！」

アルもネロも、何故か興奮している。

地球のゲームにあるシステムと同じく、互いの状態を常に確認できる機能のようだ。リーダーが仲間の中から、登録したい人を選ぶのだという。パーティーの最大人数は六人のようだ。

「タクトが、リーダーじゃ！」

アルがそういうので、俺がリーダーとして二人を登録する。二人が承諾すると、『パーティー成立』となった。

エリーヌが全部説明していないのもあるが、俺も全て聞かずにこの世界に飛び込んだおかげで、知らないことはたくさんある。

それは幸であり、不幸でもあった。

「よし、じゃあ行ってくる」

そう言って、オークの集落に歩いて行く。オークがこちらに気が付く前に、集落の外にいたオークを一匹、二匹と【風刃】を使って殺していく。

襲撃に気づいたオークたちが、集落から次々に出てきた。

十四目を殺した瞬間に、左右から突風が吹く。

何が起きたのか理解できないでいると、目の前で血飛沫《しぶき》が上がった。

目で追いつけない速度だが、アルとネロが次々とオークたちを殺しているのが分かった。

アルのステータス数値にも驚かせられたが、戦闘を目の当たりにすると恐怖しかない。

本気は出していないと思うが、それでもこれだけの虐殺になるのだ。

魔王が、この世界で恐れられる存在だということがよく分かった。

戦闘が始まって五分もしないうちに、森の集落は全滅した。

「どうじゃ！」

「私の勝ちなの〜！」

二人は実に呑気だが、死屍累々《ししるいるい》の惨状を前にすると、もしこれが人の街なら大変なことになっていたな、と戦慄させられた。

頭の中でレベルアップのファンファーレが鳴り響いている。

パーティー登録すれば、全員に経験値が入るようだ。

目の前のアルとネロは、どっちが勝ったかを言い争っている。

俺は二人の持ってきたオークの頭を叩いて、注目を集めるように叫んだ。

「まずは頭の大きさ対決！　ドンドン、パフパフ！」

「なんじゃ、その『ドンドン、パフパフ！』というのは！」

そんな真剣に聞かれると恥ずかしい。特に意味なんてない。勢いで言っただけだ。

「あぁ、気合を入れる時に使う言葉だ！　気合を入れて審査するという俺の意思表示だ！」

「なるほど、『ドンドン、パフパフ！』か。妾も今度使ってみるぞ！」

頭の大きさはほぼ同じだ。だが、若干だがネロの方が小さい気もする。

「アルの勝ち！」

「ふふんっ！」

「なんで～!?」

なんでと言われても俺の目分量でしかない。それを言ったら怒られそうなので、適当に理由を探した。

「ネロの方は、右耳の辺りが欠けている。大きさはほぼ同じでも、より原型に近いアルの勝ちだ」

勝利に喜ぶアルと、判定に不服そうなネロ。とはいえ審判の俺の言うことは絶対だ。

「次に、核の数勝負！」

「ドンドン、パフパフ！」

「ドンドン、パフパフ～！」

何故か、馬鹿にされている気分になるのが不思議だった。

「アルが三十四個、ネロが三十七個。ネロの勝ち！」

「やったなの～！」

「そんなはずないじゃろう！　もう一度、よく数えるのじゃ！」

確かに、数だけならアルも同じだけ狩っている。

「アルの核も数は同じ個だが、亀裂《きれつ》が入って壊れる寸前の核が三つほどある。よって、より完璧な核を持って来たネロの勝ち！」

先ほどとは逆に勝利に喜ぶネロと、判定に不服そうなアル。

「とりあえずは引き分けだな！」

二人は納得がいかないようで、引き分けの裁定にムスッとしている。

正直。俺的にはどっちが勝とうが関係ない。

しかし、どちらかを勝たせたことで遺恨《いこん》が残るのは、俺の本意ではない。

まぁ、俺が審判をしている限りは匙加減一つでいくらでも引き分けにできるので、平和なものだろう。

「今度は、どこかの街でもう一度勝負じゃ！」

「人がいっぱいいる、中央の都市がいいの～！」

うーん、気軽にとても怖いことを言っているな。ある意味魔族らしい。しかし、そんなことされたら人類の破滅だ。

「お前ら、そんなことしたらもう遊んでやらないからな」

「なんでじゃ！」

「え～！」

こいつらを野放しにするのは危険だ。

「俺が面白いことを考えたら、必ずお前たちに連絡する。だから、それまではむやみに破壊行動や、殺しはしないと約束できるか？」

「おぅ、約束するぞ！」

「約束するの～！」

素直でよかった。とりあえず、これで安心だ。

「主よ、周りにオークの気配はありません。いるのは洞窟の辺りだけです」

「そうか、ありがとう！」

クロに礼を言い、二人に向き直った。

「それじゃあ、核を返すぞ」

「そんな物はいらんぞ」

「いらないの～」

「お主に全部やるから、もらっておけ」

これだけの核、売れば結構な金になりそうだが……。

「本当にいらないのか？」

「妾たちには全く必要ないからの」

アルやネロにとってオークの核など、そこら辺に転がっている石と同じなのかもしれない。

長く生きていると、価値観が違うのだと感じた。

俺は遠慮なく、倒した全てのオークの核や、オークの武器や所持していた物などを全て【アイテムボックス】に入れた。

「仕方がない。洞窟のオークたちで、もう一勝負するしかないの」

「絶対に勝つの～！」

アルとネロは、勝負を続ける気でいる。

「駄目だ。勝負はこれで終わりだ」

「何故じゃ⁉」

「どうしてなの～⁉」

アルとネロは、不服そうだ。

「そもそも、これは俺が個人的に受けた依頼だ。アルとネロばかりに、討伐をさせていたら、俺の立場ってものがなくなるだろう」

俺はもっともらしい理由をつけて、二人を説得する。

実際はこいつらの圧倒的な力を目の当たりにして、計画を変更したせいだ。本来なら洞窟のオークも掃討してもらう予定だったが、予想以上に強大すぎる力に、洞窟が耐えられないと判断した。

もし崩落でもすればこいつらは平気だろうが、中で生きているかもしれない人まで殺してしまう。

「パーティーを組んだのだから、問題ないじゃろう」

「そうなの～」

「確かにそうだが、俺も働かないと村人たちに申し訳ない。分かるか？」

アルとネロは「仕方がない」と渋々、俺の意見に賛成してくれた。

「これからは、俺一人で戦う。助けて欲しい時は必ず呼ぶから、それまでは傍観していてくれ」

「分かったぞ」

「はいなの～」

オークの数も随分と減ったし、洞窟にいるオークくらいであれば、余裕で倒せるだろう。

「エターナルキャットにパーガトリークロウがおるなら、タクト一人でも平気じゃろうな」

そういえば当然だけれど、シロとクロにも種族名があるのかと思う。しかも、そんな長い種族名だったのかと、少し驚いた。

「どちらも従えることはおろか、友好関係を築くことすらできない種族じゃ。タクトは凄いの」

「凄いの～」

アルは面白い玩具でも見つけたかのように、嬉しそうな表情をしていた。

「シロもクロも優秀な俺の仲間だ。俺同様に接してくれ」

「分かっておる。師匠の従者であれば、弟子の妾も丁重《ていちょう》に扱うぞ」

「私もなの～」

あの師匠というのは冗談のつもりだったのだが、本気で俺のことを師匠だと思ってくれているのか？

いや、揶揄っているだけだろう、と思っておくことにした。

「ところで、妾たちは本当に手を出さなくてよいのじゃな？」

「あぁ、もちろんだ」

「分かった。では、師匠の戦いぶりでも観戦するかの」

俺の戦闘力がどれほどかを確認するつもりのようだ。もしかしたら、本当の目的はそっちなのかもしれない。

上空からクロに案内されて、洞窟の入口近くに到着する。

入口には、武器を持ったオークが七匹ほどいる。恐らく警護だろうが、中に入り込んだ侵入者が出られないよう固めているようにも思える。

まず、あのオークたちを倒すことにする。

「ちょっと、待つのじゃ」

俺がオークを倒しに行こうと歩き出す寸前に、アルが止める。

「どうした？」

「いや、いつまでも隠れて覗かれるのは、気分が悪いのでな」

アルはそう言うと、近くの樹の枝に向かって拳を打ち出した。ぶわっという風圧と共に枝葉が大きく揺れた。

「きゃっ!?」

甲高い悲鳴と共に、小柄な人影が倒れていた。

何が起きたのか、俺は分からなかった。あんな簡単に木を揺らす風圧が出せるのか……。

それ以前に、倒れた奴はどこに居たのだ？　木の上から落ちてきたわけではない。木の陰に隠れていたのか？　俺が不可思議な現象に頭を悩ませている間に、アルは倒れた奴の所まで歩いていた。

「覗き見とは感心せんの」

倒れていた人物を片手で軽々とつまみ上げて起こした。俺はそのまま、アルが殺すのではないかと思い、急いで止める。

「アル、待てっ！」

俺の声でアルが振り向く。アル越しに倒れていた奴の顔が見えた。

ライラだった。

昨日、ゴブリンたちから助け出して、シロの案内で商人の馬車に乗れたはずだが……。

何故、こんな所にいるのだろうか。

「この娘、昨日妾が送り届けた娘じゃの？」

「あぁ、そうだ」

「こそこそと隠れておったが、スパイか何かか？」

ライラは全力で首を横に振っていた。魔王に殺されると思ったのだろう。

「アル、離してやってくれ」

アルはライラから手を放す。

俺はライラの所に行き、声を掛ける。

「大丈夫か？」

「……はい」

ライラは元気のない声で答える。九死に一生を得た気分だろう。

俺はライラに質問をしようとする。

「タクトよ。危ないぞ」

アルの声で振り返ると、槍が飛んできたので避ける。

どうやら、アルが樹を揺らしたのと、ライラの声で俺たちの場所がオークたちに気づかれたようだ。

「シロ、ライラを頼む」

「はい、御主人様」

本当はアルとネロに頼んだ方が確実なのだが、ライラが怖がるだろうと思い、シロにライラの護衛を頼んだ。

「本当に手伝わなくてもよいのか？」

アルは楽しそうに話す。

「大丈夫だ」

俺は毅然と答えるが、地の利もなく一度にオーク六匹相手は流石に厳しいかもしれない。

もう一度、アルに聞かれたら助けてもらおうかと考えつつ、オークが投げた槍を掴んで、突進する。

そこで俺は驚いた。思った以上に体が軽い！

レベルアップしたせいだと思ったが、よく考えると【身体強化】のユニークスキルも習得しているのだ。

今の俺は、ゴブリンと戦った時よりもはるかに身体能力が上がっている。

……いや、先ほどオークを倒した時よりも間違いなく動けている。

俺は六匹のオーク相手に、真っ向から肉弾戦を挑む。

ゴブリン戦は、魔法攻撃が主体だったので、近距離戦になった時に対応が遅れていたからだ。

六匹いるが、ガタイがよすぎるせいで全員から同時に攻撃されるような位置取りは不可能。

同時に攻撃されるとしても、多くても四方向だ。

俺は縦横無尽に動き回り、オークたちの攻撃も軽々と見切りながら戦う。

途中で、俺には槍が向いていないと気づいた。持っていた槍はオークに突き刺して、拳や足を使って戦う戦法に変える。

俺との戦いの最中だというのに、アルやネロの方向に向かうオークがいた。たぶん、彼女らが弱そうに見えたのだろう。

しかし、二人が放った圧に気圧されて動きを止める。

殺気というよりは、威圧に近い感じだ。俺や、俺と戦闘していたオークたちも一瞬、動きを止めてしまった。

なんにせよ、あの二人がいれば、ライラの護衛としては完璧なことには違いない。

先に立ち直った俺はオークの体に拳を叩き込む。

徒手空拳は射程が短いものの、俺の速さなら問題ないと感じた。

だが問題は、オークの体が俺の拳よりも、少しばかり硬いことだ
オークにダメージを与えているが、同時に俺の拳へのダメージも大きい。

一発殴る度に【治癒】を施していれば、あっという間にＭＰが枯渇する。

肉弾戦の方が、魔法で戦うよりも効率が悪いと感じた。

単純に練度不足だろう。

それよりも、気になることがある。

最初こそ、静かに観戦していたアルとネロだったが、俺があまりにも不甲斐《ふがい》ないのか、野次を飛ばし始めた。まるでスポーツ観戦してるおっさんだ。

本人にとっては応援なのか分からないが、気になって戦闘に集中できない。

悪気がないとは思っているが……。

「アルにネロ！　少しだけ黙っていてくれるか!?」

俺は大声で二人に叫ぶ。

「なんじゃ、負けそうなのを妾たちのせいにするのか？」

「師匠、卑怯なの〜」

まるで俺が責任転嫁しているようなことを言う。

早く自分たちと代われと言っているのが丸わかりな態度だ。

俺は二人の言葉を無視して、戦闘に集中することにした。

「下手な戦い方じゃな〜」

「そうじゃないの〜」

無視しようと思っても、二人の言葉が耳に入ってくる。

段々と、フラストレーションが溜まってきた。苛立ちながら一匹にとどめを刺す。

「おっ、やっと一匹倒したようじゃ」

「あと、五匹なの〜」

俺に戦闘センスがないのか、やっと一匹倒すことができたが、正直これ以上は面倒だ。

卑怯と呼ばれることよりも生き残ることが重要だ！　魔法を使って残りの五匹をあっさりと倒す。

「なんじゃ、やればできるではないか」

「そうなの～」

アルとネロは意外そうな顔をする。

それよりも、これだけ騒いでいるのに、洞窟の中から仲間のオークたちが応援に出てこないことが気になった。

「タクトよ。もう一度聞くが、本当に妾たちの手伝いはいらぬのだな？」

「当り前だ！」

俺は少しムキになって答える。

そのまま洞窟に入ろうとするが、ライラをどうするか考える。

俺も少し疲れたので、ひとまず小休止することにした。


ライラの所へ歩み寄り、彼女の近くに腰を下ろす。

「どうしてこんな所にいるんだ？　街道で商人に拾ってもらったんだろ？」

「そ、それが……実は……」

商人は森の近くを沿うように伸びる街道を進んでいたが、馬車が故障してしまい、修理に時間を要した。

仕方なく野営しようと思い、見つけた洞窟はよりにもよってオークの集落だった。その時はオークが出払っていて気づかなかったのは不幸だ。

興奮する馬が洞窟の中に入ったことで、仕方なく商人は洞窟へ入っていったのだという。

しばらくして心配になったライラが後を追うと……馬と商人が死んでいた。

驚いたライラは逃げ出し、こうしてここで隠れていた、という顛末であるらしい。

「それでタクトさんを見つけたのですが……魔王様や知らない人と一緒だったので……」

「そうだったのか。よく見つからずに無事でいられたな」

「はっ、はい……」

ライラは小さく頷く。

「お主は、何を言っておるのじゃ。その、狐人族の娘は……」

アルはライラを見て、会話を途中で止めた。

アルなりに、ライラに気を使ったのだろうか？

しかし、ライラはつくづく不幸だなと思った。

ゴブリンから解放されたと思ったら、翌日にはオークたちと遭遇するなんて。なんだか可哀想になってきた。

「この娘は妾とネロが守ってやるから、洞窟へ連れて行くぞ」

一見滅茶苦茶なわがままに思えるが、俺はアルの真意に気づいた。

ここでライラの護衛を頼んでも、アルとネロは俺と一緒に洞窟へ入ると聞かないだろう。

だからと言ってシロとクロだけにライラの護衛を頼むのはあまりに不安だ。子供を死地に連れて行くようだが、二人の魔王に守られるというアルが言った案が、一番いい方法だ。

「ライラ、どうする？」

「……一緒に着いて行きます」

一人になるのも心細いのだろう。たとえ、魔王だろうが守ってくれるのであれば、縋りたい気持ちも分からなくはない。魔王が二人に増えたことをライラは知らないが……。

それに、ゴブリンを全滅させた俺の実力も知っているので、一緒にいた方が安全だと分かっているのかもしれない。

気を取り直して、洞窟に足を踏み入れる。

◇◆◇◆◇◆◇◆◇◆◇◆◇◆◇◆◇◆◇◆

当たり前だが、奥に進むと入口の光が差し込まなくなるので、どんどん暗くなる。

俺は【光球】で辺りを照らした。

俺を先頭にシロとアル。その後ろにライラとネロの順で進む。

外のクロと連絡を取るが、オークの気配はないそうだ。

この洞窟にいるオークを倒せば、ゴンド村の村人たちの依頼——いや、本当の依頼主はリラだけど——どちらにしろ、依頼が完了することには違いない。

しばらく歩くと、馬に繋いであったであろう縄と、その傍《かたわ》らに商人だった男の死体が横たわっていた。

近くには焚き火をした跡もある。

本当であれば、ここで一晩過ごすはずだったのであろう。

しかし、馬の死体がないのは、オークが持って行ったからなのだろうか？

馬の血なのか、血痕が奥へと続いていた。

「タクトよ。気を付けろよ」

アルが俺に忠告する。

周りを照らしているため、俺たちは攻撃の的になっているということだった。

それは俺も承知している。

しかし、オークが攻撃を仕掛けてくる気配はない。俺は警戒をしながら、奥へと足を進める。

突然、岩陰に潜んでいたオークが飛び出し、俺に攻撃をしてきた。

【危険探知】でオークの居場所が分かっていた俺は、慌てることなくオークの武器である槍を奪い、オークの胸元に突き刺す。

……他にオークの気配はない。

これが最後の一匹だったということなのだろうか？

気になった俺は洞窟の奥へと、さらに足を進める。曲がりくねった道を進んで行くと……おかしい。さっき倒したオークの死体がある。

オークの個体の区別は付かないけど、自分が槍を刺したことくらいは当然覚えている。

どうやら、迷ったようだ。

「お主、迷ったのか？」

アルが嬉しそうに話しかけてくる。まるで、不甲斐ない師匠を揶揄っているようだ。

「そうみたいだな」

俺は悪びれることなく、正直に答える。

「まぁ、仕方あるまい。迷うようにされているからな」

「どういうことだ？」

「そうか、気づかんのか。ここは迷宮《ダンジョン》に近い。仕掛けにも、我々魔王くらいでないと対応できんじゃろうな」

迷宮とはエクシズに突如現れる謎の空間のことらしい。階層があり、進むごとに魔物の種類や出現率が変わり、さらに最下層には迷宮主《ダンジョンボス》なるものが存在しているのだとか。

エクシズでは昔から、いくつもの迷宮が発見されている。しかし、そこから中に生息する魔物が、外に出た事例はないらしい。

迷宮は謎だらけなのだ。誰がどうやって、どんな目的で造って、中の生態系もどのようにして築かれているのかすら解明されていないそうだ。

目的については、神の悪戯だとか、魔族が世界征服するための拠点だとか、色々な噂があるらしい。だが、いずれも噂の域を出ないし、当の魔族すらその詳細は知らないのだそうだ。

中の環境は腕試しに最適なため、腕自慢の冒険者が攻略をすることもある。

そんな彼らを翻弄するのが、迷宮に施された罠や仕掛けだ。それは積極的に命を奪うわけではなく、まるでできるだけ長く滞在させることを目的としているような感じで、俺が迷ったのも、気づかないうちに方向感覚を狂わされていたことが原因のようだ。

【全属性耐性】では対抗できないが、アルやネロのようにレベルが高いと、そうした仕掛けの効果は薄くなるらしい。

この洞窟のような迷宮は迷宮主の意思が色濃く反映された結果であるが、たとえ迷宮主を倒しても、迷宮は形を変えながらそこに存在し続ける。

「迷宮に近い、ってどういう意味だ？　この洞窟だって人を迷わせてるし、階層もあるんだろ？」

「うむ。地下四階まであるぞ。じゃが、お主ら人族が迷宮と定義するのは、地下五階層以上あるものに限られる。まぁ、人族が発見するのがそうしたものだけという背景もあるんじゃろう」

「……うん？　もしかしてアルは、この洞窟が迷宮だって最初から知ってたのか？」

「もちろんじゃ。グランニールの住処の目と鼻の先。迷宮主のことも知っておるし、もっと強くなるのを待ってから、遊んでやろうと思っとったのに」

そうか、だからアルは何度も俺に、「一人で大丈夫か？」と聞いてきたのか。

「ここの迷宮主はオークたちの親玉だと考えていいのか？」

「そんなところじゃな。なかなか骨のある奴じゃぞ」

というか、アルがそんな風に考えてしまう程度には有望な奴が迷宮主なのか。魔法に頼らなければばオークにさえ手こずっている俺からすると、希望の光が消えてしまうレベルで不安だ。

最悪は、師匠の権限を発動させて、アルとネロに助けてもらうという手もある。

二人とも、それを望んでいることも分かっている。

「しかし、いつまでもこうしていても仕方あるまい。今回は特別に、妾が案内してやるぞ」

俺の代わりにアルが先頭に立って歩き始める。

最初からそうしてくれよと言いたかったが、さすがに黙っておいた。

◇◆◇◆◇◆◇◆◇◆◇◆◇◆◇◆◇◆

しばらく歩いていると、オークの集団が現れた。

アルが俺を見る。その視線は間違いなく「本当にいいのか？」と……。

「約束通り、俺がやる」

ただの洞窟だと思っていたから当然籠もる準備なんてしていないし、ライラの疲労も考えると、あまり時間も掛けられない。

一気に倒してやろうと【風弓】を使おうとしたが、はたと思い留まった。

オークたちは通路を防ぐように扇状に広がっている。【風弓】は、敵が直線でいれば効果は高いが、横並びになっていると全員を巻き込むことは難しい。

無駄撃ちしていては、迷宮主を前にして力尽きてしまう。

ここは洞窟の幅いっぱいに広げられる【風刃】を使うべきだろう。オークが飛びかかってくる前に、俺は魔法を発動して敵を全て斬り裂いた。

「うむ、それでよい。タクトは状況判断が甘い所があったからな。これからは地形や状況を考えて戦った方がよいぞ」

アルの言葉に頷く。どうやら彼女は、弟子を標榜《ひょうぼう》しながら、実質的には俺が強くなることを願っているようだ。


その後オークや他の魔物との遭遇もなく、無事にアルが下へと続く階段を発見した。

「こんなもんじゃ！」

階段を見つけたアルは自慢げに胸を張った。

その様子を見たネロはムッとしたように先頭を代わった。

「次は私なの～！」

次の階層はネロが案内してくれると言うので、彼女の後ろに付いて歩いていく。

下の階層は上と雰囲気が全く違う。上が石造りの洞窟だったのに対し、そこかしこに水が滴《したた》り苔が生《む》す環境だ。植物や、そこに住まう虫も格段に多い。

地面にはオークの足跡が残っている。オークもこの階層まで来ている証拠だ。

壁を伝う多足生物に、ライラは恐怖している。俺も気持ちが悪いと思っているし、毒もあるようなので気を付ける必要があるだろうな。

「敵なの～」

ネロが止まり、前方に敵がいることを教えてくれた。

指さした方には、鼻先が金属になったようなモグラらしき魔物たちがいた。数は多くないし、こちらに気づいても様子を窺っているだけのようだ。

「なんじゃ、アイアンモウルか」

アルがガッカリした表情で呟く。

「お主、あれと戦うか？」

「ああ、もちろんだ」

俺が戦闘態勢を取ると、アイアンモウルは逃走し始めた。

あれ？　何が起きた？　魔物なのに襲ってこないなんて……。

「奴らは好戦的な種族ではないから、無理に戦う必要はないぞ」

「そうなのか？　そんな魔物もいるんだな……」

俺は拍子抜けする。

だが確かに、アイアンモウルに限らず、これから遭遇する全ての魔物と戦闘をする必要はない。

こちらが戦意を見せるから魔物だって襲いかかってくるのかもしれないし、魔物に戦う意思がないのであれば、俺としても好都合だ。

いつの間にか、無意味に魔物と戦闘することも当たり前になっていたので、考えを改める必要があった。

アイアンモウルの群れをかわして進んでいた俺たちの前に、今度は非常に気味の悪い魔物が現れた。

体長三メートルはあろうかという大きなムカデだ。体には毒々しい紫の斑模様《まだら》がある。【鑑定眼】を使うまでもなく、確実に毒を持っていることが予期できた。

「なんだ、あれは……」

「あれは、オオムカデじゃ」

「オオムカデか、見たまんまだな……ん？」

俺はアルの言葉に違和感を抱く。

そういえば、モグラ型のアイアンモウルは英語名だ。それに対して、オオムカデは何故かそのまま日本語名。

これはもしかすると、俺の知識に依存しているのかもしれない。ムカデを英語でなんと言うのか知らないしな。

小さなことだが、【言語解読】はそれでも齟齬《そご》のないように翻訳してくれているみたいだし、その点はエリーヌに感謝しておくべきだろうか。

ライラはオオムカデを見るのも嫌なのか、目を背けていた。

あの足が波を打つような動きは、俺もあまり好きではない。

「よし、今度はちゃんと戦うぞ。ライラは目を閉じてろ」

俺はネロの前に出て、【雷刃】を放つ。【風刃】と同じ形の魔法ではあるが、こちらは体を斬り裂かないこともできる。体液によって毒のダメージを与えてくるかと思い、【風刃】でなく【雷刃】を使ったのだ。

「ぐあっ⁉」

「きゃあっ‼」

突然、ビリッと全身が痺れた。

【雷刃】がヒットしてオオムカデにダメージを与えることはできたのだが、迷宮内は湿っていたので、水気を伝い俺たちも感電してしまったようだ。

アルとネロはユニークスキルのおかげか平気そうだが、ライラは痛かったのか大声を上げた。

俺はライラに謝罪して【治癒】と【回復】を施す。

「……凄い」

ライラは何故か驚いていた。

「来るぞ」

そうしている内に、アルがオオムカデの反撃を教えてくれる。

オオムカデは顎の内側から、よだれのように体液を垂らしており、それが落ちた場所から煙が上がる。やはりあの体液には触れない方がいいな。

近距離で攻撃すれば、俺はもちろんシロやライラにも被害が及ぶだろう。アルとネロの心配はしなくても大丈夫だと何故か思えた。

しかし、【雷刃】を使えば、ライラが感電してしまう……。俺は他の魔法攻撃を考える。

当然、オオムカデが俺の都合など考慮するわけもなく、壁を伝い向かってきている。

「タクトよ、安心するのじゃ！」

アルの声に反応すると、背中から翼を出して、ライラとシロを担いで少しだけ飛んでいた……。

アルが俺に【雷刃】を使っても大丈夫なように、ライラとシロを守ってくれているようだ。

「約束じゃからの」

迷宮に入る前に言った言葉を、アルは忘れずに守ってくれていた。

「来るぞ！」

俺がアルに礼を言う前にオオムカデが近づいて来ていた。

体液がそこかしこを焼きながら飛び散るが、俺はそれをかわし、【雷刃】を広範囲に撒くようにして連続で放った。感電する痛みはあるが、そんなことは言っている場合ではない。

逃げ場を封じられたオオムカデは、体を焼き切られて落ちる。

輪切りになったオオムカデに近づくと、一部だけになったオオムカデが俺に向かって攻撃を仕掛けてきた。

まずい、油断してた……避けられない！

焦る俺の横をネロが通り過ぎて、オオムカデを吹き飛ばした。今度こそオオムカデは潰れて動かなくなる。

「師匠、駄目なの～。油断しすぎなの～」

ネロは、けらけらと笑いながら俺に注意をする。

「あぁ、助かった……ありがとう」

「どういたしましてなの～」

ネロは嬉しそうだった。

「ネロ。手を出しては駄目じゃろう。せっかく、タクトが全部倒すと言っておるのに」

「そうだったの～、ごめんなの～」

ネロは俺に謝罪するが、俺は首を横に振る。

「いや、構わない」

自分の不甲斐なさが嫌になる。エクシズの魔物の生態が分からないので、俺の思い込みがみんなを危険に晒している。ゴブリン討伐から何も成長をしていないと、自分に腹を立てる。

今回はネロがいてくれたから助かったが、アルもネロもいない時にこうなっていたかもしれないと考えると、背筋が寒くなった。

「まぁ、何事も経験じゃ。一度ミスしても、命があるなら次に繋げればよい」

「そうだな。よく肝に銘じておく」

しかし、弟子に指導をされたり、助けられたりする師匠というのは、どうなのだろうか？　と考えてしまう。

やはり、師匠と弟子の関係は一度白紙に戻した方がいいのかもしれない。元々、お遊びで決まった関係だ。

ライラは死体でも苦手なのか、オオムカデの横を通ることができないようだ。

仕方がないので、俺が抱え上げて移動する。

ライラは恥ずかしいのか、抱えられている間は俯いていた。

◇◆◇◆◇◆◇◆◇◆◇◆◇◆◇◆◇◆

二階層は今までよりも、かなり天井が高い。

岩に囲まれた風景は変わらないが、何かこれまでと違う、不気味な緊迫感が漂っている。

「大丈夫か？」

ライラに声を掛けると、彼女は頷くだけだった。

先ほどのオオムカデがまだ頭から離れないのだろうか？

小さな女の子には刺激が強すぎたのかもしれない。

「タクトよ。敵じゃぞ」

アルの言葉に周囲を見回すが、それらしきものは発見できない。

「どこを見ておる。上じゃ」

上を見ると、うっすらとだが、オークが俺たちを狙っているのが見えた。

どうやってあそこまで登ったのか不思議だったが、今はどうでもよいことなので、戦闘に集中する。

今まで斧や槍など殴るだけの武器を持っていたオークだったが、今度は弓を使ってきた。

外と違い、大きく避けることが難しい。それに下手に避ければライラに当たる可能性もある。

飛来する矢は外れたが、どうすべきか迷った。

「この娘は妾とネロで守ってやるから、安心してオークどもを倒してくるがよい」

俺はライラの事は任せて、攻撃に専念することにした。

俺たちは地の利を取られており、狙い撃ち状態だ。だが、いくら上に陣取っていようと、こう暗くては当てづらいのだろう。

攻撃を避けながらこちらも準備する。敵は少なくとも五体以上。

まず、最初に見つけたオークに【火弓】を放つ。

外れたとしても、近くの何かに引火すれば、場所の特定ができると思ったからだ。

しかし、俺の思惑通りにはいかない。【火弓】は壁に当たって消えてしまう。

弓は五箇所から飛んでくる。それをかわしながら的確に狙うのは至難の業だ。

そこで、あれだけ離れていれば、周囲に電撃を振り撒いてしまう【雷弓】を使っても、俺たちに被害はないだろうと思い【雷弓】をオークに放った。

一発が壁に当たるが、濡れた壁を伝って複数のオークを感電させた。

スパークによって姿がハッキリと見えた。もう一発【雷弓】を放つとオークに直撃し、倒れた勢いで岩肌を転がり落ちてくる。

オオムカデでの教訓を活かし、死んだふりの可能性も考えて迂闊に近付かずに、【雷弓】で確実にとどめを刺しておく。

　一体を倒して上を見た俺は首をひねることとなった。

　どういうわけか、オークの追撃がない。

　俺はさっきから矢が飛んできていた場所に【雷弓】を放つが、そこには既に影もなかった。

「オークどもは逃げたぞ」

　アルが教えてくれた。この暗がりでも見えていたらしい。

「どうして退却したんだ？」

「それは、勝てぬと思ったからじゃろう」

　そんな単純な理由で撤退なんてするのか、不思議に思った。

「それにまだこの迷宮は、発展途上。オークも、さらなる進化のために全滅は避けたいんじゃろう」

「魔物が進化するのか？」

「もちろんじゃ。魔物だって生き物じゃからな、普通の動物と同じように環境に適応し、進化くらいするぞ。それも、迷宮内ならさらに早い」

　魔物と聞くと異質なものに思えるが、魔族に属しているだけで動物なのだ。そう考えると全く驚くことではないな。

　それにこれだけ特異な環境だと、独自の進化くらいするだろう。

「そして、これだけ外部と隔てられた環境の中では思想も変わる。オークどもも森で暮らす者と、この迷宮で暮らす者とで別れたのじゃろうな。ある意味、それも適応と進化じゃ」

「同種なのに、分裂したってことか？」

「数が多くなれば、意見の違いで違う道を歩むのは、人族でも同じじゃろう？」

「確かに、そうだな……」

アルの言葉には説得力がある。見た目は小学生だが、さすが何百年も生きていることだけはある。

◇◆◇◆◇◆◇◆◇◆◇◆◇◆◇◆◇◆

三階層へ下りきる直前、俺たち目掛けて矢が飛んでくる。階段に刺さったそれに、俺たちは臨戦態勢になった。既に待ち構えていたオークたちは鼻息荒く階段を囲んでいる。

「向こうはやる気満々のようじゃぞ」

アルは次いで飛んできた矢を掴み、笑う。緊迫した状況なのだが、ネロも心底楽しそうに笑っていた。

オークの数は十四以上。二人ともさすがに、俺一人では厳しいと思っているのだろう。

先ほど逃げたオークもこの中にいるに違いない。これだけの数であれば、勝てるとでも思ったのだろうか？

だが、俺は薄っすらと見えるオークたちの姿が、地上で見たオークと違うことに気づいた。

オークよりも大きく、皮膚の色も違う。弓を使っていたのもそのせいだろうか。さらにどこから奪ってきたのか防具まで着けていた。知能の方も、オークよりはるかに上らしい。

「あれもオークなのか？　なんだか地上で戦っていた奴らとは違うみたいだけど」

「おぉ、よく気づいたな。あれは『ハイオーク』じゃ。オークが進化した姿じゃ」

「なるほど、あれが進化するということか。あんな姿になったのでは、確かに森の奴らとは断絶するだろう。

それよりも、進化ということは戦闘力も上がっているということになる。

「お主も疲れたじゃろう？　ハイオーク相手は億劫《おっくう》じゃろうから、妾とネロが戦い方を見せてやろう。よく見ておくがよい」

「それは助かるな」

俺はアルの申し出を断ることなく、喜んで受け入れた。アルの言う通り、魔法の使い過ぎで一休みしたい気分だったのだ。

アルはネロに目線を送ると、何も言葉を交わさずに二人でハイオークの群れへと向かっていく。

肉体をフルに使ったアルの戦い方は、一見力任せに見えるが、ハイオークの動きに合わせて、的確に攻撃を入れているのが分かった。ただ腕を振り回して攻撃をするのではなく、時にはハイオークの体勢を崩したりもしている。

ネロもあえて攻撃をスレスレでかわしたりしつつ、最小限の力でハイオークを仕留めていく。

俺は肉弾戦が苦手なので、こういう戦い方もあるのかと、とても勉強になった。

今後は俺も、力任せでなく相手の力を利用したりして、戦うように心掛けよう。

そして、わざわざ俺のために教鞭《きょうべん》を執《と》ってくれた魔王たちに、内心で感謝した。

……と、思ったのも束の間。二人は、ハイオークの群れの中で鬼ごっこでもしているのか、遊んでいるように見えた。どうやら攻撃も極限まで手加減しているようだ。

アルとネロを倒そうとするハイオークたちは、自然に同士討ちとなり、どんどん傷付いていく。

最後の方は、ハイオークが邪魔になったのか、「邪魔！」と口に出していた。

本当に最初は俺に戦い方を見せてくれるつもりだったのだろうが、段々と楽しくなり、目的を忘れて二人で遊んでしまったのだろう。

そうしているうちに、遊び感覚でハイオークを全滅させてしまった。余裕な二人を見て改めて、魔王の実力の底が全く見えないと畏怖することになった。

俺はハイオークから核を回収していく。

「どうじゃ、妾とネロの戦いぶりは！」

「あれくらい、余裕なの～」

自慢気に話すアルとネロを、俺はジトッと見つめた。

「……途中から、遊んでいなかったか？」

二人は特に誤魔化しも悪びれもせず、ハッキリ言い放つ。

「んっ、あまりにも弱すぎたのじゃ。弱すぎるハイオークどもが悪い」

「そうなの～、弱すぎなの～」

魔王の価値観は違いすぎるのか、どうも会話が噛み合わないと思わされた。

「まぁ、戦いの参考にはなった。ありがとうな」

「そうかそうか、それはよかったのう」

「どういたしましてなの～」

一応、二人に礼を言うと、満面の笑みを返してくれた。上機嫌の二人を見ていると、こちらまで迷宮にいる緊張感を忘れそうになる。

だが、次はアルの話によれば最下層。つまり迷宮主のいる階層なのだ。

いよいよ対峙する脅威に、俺は改めて気を引き締めた。

◇◆◇◆◇◆◇◆◇◆◇◆◇◆◇◆◇◆◇◆◇◆◇◆

最下層に着いた俺たちを歓迎したのはハイオークだった。俺たちを迷宮主に近付けないようにしているのだろう。

ハイオークの数は全部で五匹。

他の魔物は見当たらないということは、あの中に迷宮主がいるはずだ。そいつを倒せば、オークの集落は壊滅する。

「今度は俺がやる。アル、ネロ、ライラとシロを頼んだぞ」

感覚的にシロよりもライラとネロの方が強いと感じたので、完全に護衛を任せて俺は三匹のハイオークを射程に捉える。

まともにやればハイオーク三匹を一度に相手するのは厳しい。なのでまず、【風弓】を放ってハイオークたちを一箇所に追い込む。そこへすかさず【風刃】で攻撃。この程度では致命傷を与えることはできないが、それでいい。

俺の魔法攻撃を使えば複数体を相手にもできる。ハイオークたちがそう認識すれば、一刻も早く至近距離で決めようとしてくるだろう。

案の定ハイオークたちは、一斉に俺との距離を詰めてくる。

魔法使いが相手なら、槍や剣といった長物《ながもの》があれば有利だと思っているようだ。

しかし、ハイオークたちの誤算は、そこにあった。俺は何も魔法だけで戦うわけではない。

攻撃を見切ってかわし、すれ違いざまに傷を負わせた部分に一撃。たまらず距離を取ったら即座に【風弓】を撃ち込んで追撃をする。

想像もしていなかったであろう反撃を食らって、ハイオークは悲鳴を上げた。

よし、行ける！

たたらを踏んだハイオークに追い縋ろうとした時だった。

突如、ズシンッと大きな地震が起きたのかと思うほどに地面が揺れた。

見れば、広い空間の奥から、一匹の魔物が姿を現した。

ハイオークよりも格段に大きく、よく肥えた体。とてもオークの仲間には見えない頭をしている。

「あれもオークなのか⁉」

「いいや、あれはトロルじゃ。オークとは根本的に別種じゃな」

「トロル!? まさか、あれが迷宮主なのか……！」

「あぁ、そうじゃ。まだ全然弱いんで、力を蓄えるまで待っとったが……この状況じゃ、タクトの好きにすればよい」

トロルは俺がこれまで戦ってきたどの魔物よりも大きく肥え、威圧的な風体で、しかも武器として丸太かと思うくらいの棍棒を持っていた。

俺が驚いているのを、アルとネロは嬉しそうに見て笑っている。ライラは、怖すぎるのか背中を丸めて蹲《うずくま》っていた。

魔王にとっては、これほどの相手でもからかいの道具でしかない事実に、改めて驚く。

「どうしてトロルなんてものが、オークの住む迷宮の迷宮主なんてやっているんだ」

「簡単なことじゃ。弱肉強食、適者生存。仲間を捨て、力を得たオークたちが、迷宮という力の源に留まるため、より強い者に媚びへつらったというわけじゃ。強者と驕り仲間を捨てた結果、より強い力に跪くのは滑稽《こっけい》じゃのう」

「じゃあ地上付近にいたオークたちは？」

「進化前に機嫌を損ねて殺されてもつまらんからな。大方、そこの馬やらを献上して、迷宮主のご機嫌でも取っていたんじゃろ？」

知能がないと思われていたオークの、複雑な社会を目の当たりにした。

それはそれとして、こいつと俺が戦って勝てる見込みはどれくらいだ？

ここから逃がしてはくれないだろうし、それではリラの依頼は果たせない。先にユニークスキルをもらっている手前、おめおめ逃げ帰ることなんて不可能だ。

俺は率直なところを、アルとネロに聞いてみた。

「大丈夫じゃろう、タクトなら」

「師匠なら勝てるの～」

二人とも、俺の勝利を疑っていない。

お世辞なのか、本心なのかは分からないが、魔王たちが勝てると言ってくれたのであれば、なんとしても俺一人で倒したいと思った。

トロルが吼える。武器を振り回し、岩を粉砕し、地形さえ変えていく。

部下であるはずのハイオークたちも、トロルの攻撃でなすすべなく倒されていた。

馬鹿力とは、こういうことを言うのだろう。

俺は回避するばかりで一向に攻撃の糸口を掴めないでいた。

闇雲に魔法を放ったところで、あの分厚い脂肪に阻まれて終わるのが関の山だろう。

効率的に、ダメージを与える方法を探らなければならない。

トロルは興奮しているのか、まるで笑みを浮かべたようにだらしなく口が開けっ放しで、飛び出している舌からは攻撃の度に、唾液が飛び散っていた。

俺はゴブリンから襲撃を受けた時のことを思い出す。

すぐに毒薬を【水球】に入れて、トロルの口に投げつけた。ところが俺の【水球】の大きさでは、トロルの口を塞ぐことができずに、【水球】は口の中へと吸い込まれてしまう。

それでも毒薬に苦しむことを期待したが、トロルは耐性があるのか、平然としていた。

結果としてトロルの喉を潤してやっただけになってしまった。

他の魔法も試してみる。

雷、風、火……その中でもトロルは、【火球】だけは嫌がっているようにして避けた。

俺はすかさず【炎波】でトロルの周囲に炎の囲いを作った。

この広い空間で酸欠を狙う戦法は取りづらいが、地上付近はいくぶん早く酸素を燃やし尽くしてしまうはずだ。もしこちらにも害があるようなら、タイミングを見計らってアルたちにライラを連れて出てもらうことにする。

トロルは愚かにも、武器の木で炎を払った。そんなことをすれば当然、引火してしまう。

そのまま使われれば脅威だったが、やはり火を嫌がっているのか、トロルは武器を投げ捨てた。

その隙をついて接近した俺はトロルの腹に拳を叩き込む。

もっと硬い皮膚を想像していたのだが、沈み込むような柔らかさがある。

おそらく、ダメージは吸収されたのだろう。トロルはケロッとしたまま、鬱陶《うっとう》しそうに俺を振り払った。

トロルの眼中には俺しかないようで、先ほどまでに無造作《むぞうさ》に暴れまわるわけでもなく、完全に俺だけを狙い始めた。

大きな体で拳を振るう。その風圧だけでも凄まじく、体が吹き飛びそうになる。

避けるだけで精一杯で、反撃する隙がない。

「あっ！」

俺は避けようとして、地面に足を取られる。そこに狙い澄ました拳が襲いかかった。

トロルの攻撃をまともに受けた俺は後方へと飛ばされ、岩壁に体をぶつける。

死にはしなかったが、ＨＰをごっそりと持っていかれてしまった。

本気の戦いは難しい。経験がないと、咄嗟に対応する手段が思いつかない。

俺にはアルやネロのような、すぐに相手をやり込められる攻撃の引き出しが少なすぎるのだ。だが、今すぐに増やせるものでもない。

だったら考えろ……。この状況で、何をすれば、俺の手持ちの能力であいつを倒せる？

泥にまみれた靴が目に入った。そういえばさっきは、地面の凹凸に足を取られて転んでしまったのだ。

トロルも条件は同じではないのか。そう考えた俺は一計を案じた。

あいつの体勢を崩せれば、勝機はあるかもしれない。

だが、トロルは多少の凹凸など物ともしない。あれだけ巨大な足を持っていれば当然だろう。

俺はトロルから距離を保ちながら【炎波】で囲んだ。炎を嫌がったトロルは、足で踏みつけて消そうとする。地面は衝撃を受けて陥没し、さらに地形を複雑なものにした。

それを見た俺はトロルへ向かって走る。トロルも俺に気づき、腕を振りかぶると見せかけて、足で蹴りのような技を繰り出してきた。俺は気づくのが早かったおかげでかがみ込んで攻撃を回避する。

だが、ただでさえ太ってバランスの悪い体で、自分で乱した足場のせいか、トロルはバランスを崩して一回転し倒れ込んだ。

千載一遇《せんざいいちぐう》のチャンスだ。

俺は倒れたトロルに乗っかり、【火球】を何度も叩きつける。

トロルが起き上がるのに邪魔な俺を、必死で振り払おうとする。だが、炎に邪魔され、悲鳴を上げることに終始する。

悲鳴がうるさいのでトロルの口元に【火球】を叩き込んでやると、今まで以上に悶絶していた。

これまでと違う反応に、ここが弱点なのだと確信した。どうやら、脂肪に守られていない箇所は弱いらしい。

手で口を覆ったトロルの右目に、【火球】を叩きつける。

だが、トロルもまた苦し紛れに俺の腹部に拳を入れてくる。吹き飛んだ俺は地面を転がるが、すぐに起き上がった。

状況的には五分と五分だろう。

トロルは呼吸を早くして、俺をじっと見ている。余分な体力を使わないようにしているのだろう。

俺の回復が終わるまで十分な時間はあった。落ち着いている分だけ、俺の方が有利だとさえ言える。そして敵の体をよく見て、脂肪の薄い箇所を探す。

見つけた。人でもぶつけると激痛が走る箇所。弁慶《べんけい》の泣き所とも呼ばれている脛《すね》だ。

怪我を感じさせない速さで、トロルの所まで駆け寄り、頭への攻撃をするフェイントを入れて、思いっきりトロルの脛を蹴り飛ばして、数歩下がる。

トロルは脛を押さえて膝をついた。

顔がちょうどいい高さまで下がってきたので、【火球】を口と見えている片目に放つ。

聞いたこともないような絶叫が響き渡る。

しかし、俺はそこで攻撃の手を止めず、その後もトロルに向かって【火球】を何度も何度も撃ち続けた。

「タクトよ。お主の勝ちじゃ」

無我夢中でトロルに【火球】を撃ち続けていた俺をアルが止めてくれた。

その言葉に我を取り戻す。改めてトロルに目をやると、原型も分からないほどに黒焦げになってしまっていた。

「そうか、終わったのか……」

俺は、その場に座り込む。

エクシズに転移してきてから何度となく経験してきた魔物との戦い。

今回はそのどれとも違うものだった。

川原でのゴブリンとの戦いは、事前に準備をしたうえで戦闘に臨んでいたし、ゴブリンの集落を襲撃した時も、クロの情報や、シロのサポートがあった。

しかしトロルは情報もない、完全に予想外なまま始まった戦闘だった。

事前準備もない、たった一人での戦闘が、ここまで大変だということはやらなければ分からなかっただろう。

平和な世界で暮らしてきた俺にとっては、様々な攻略情報が事前に手に入って当然だと思っていた。けれどエクシズの冒険者たちは、こういうことが当たり前だと思って生活しているのだろう。

危機感の違いと言っていい。異世界に転生して、少し浮かれていた自分を恥じる。

どうせ今後、布教活動をする上で路銀の問題もあるし、いっそのこと冒険者になって感覚を養ってみようか。

まあ、生涯無職の俺が冒険者になれるかは不明だが……。

突如、頭の中にレベルアップのファンファーレが連続で鳴り響く。

オークとトロルの討伐によるレベルアップは凄まじく、改めて【経験値取得補正（二倍）】【スキル値取得補正（二倍）】の有り難みを実感していた。

最後にエリーヌからこれを習得できていなければ、旅はもっと苦しいものになっていたはずだ。

傷を癒やすべく自分に【治療】と【回復】を掛けると、軽い頭痛がした。

ステータスを確認すると、ＭＰがもう底をついていた。

あれで戦いが終わっていなければ危なかっただろう。

「まぁまぁの勝負じゃったな」

アルが突然そんなことを言った。

「今の戦い、点数をつけるなら何点くらいだった？　アルとネロ、二人の目から見た正直な評価を聞きたい」

「そうじゃな……三十点くらいかの」

「四十点なの～」

思っていたよりも低かった。

まぁ、決して綺麗な戦い方ではなかったので、仕方がないと思う自分もいる。

一人で倒せただけでも、よくやったと俺は自分を褒めていた。今後、順調に実戦経験を積んで改善すればいいだろう。今はこの泥臭い勝利で十分だ。

◇◆◇◆◇◆◇◆◇◆◇◆◇◆◇◆◇◆◇◆

ふと、ライラを見ると、気分が悪そうにかがみ込んでいた。

「どうした？　まさか、どこか怪我したか？」

「い、いえ……ちょっと、臭いが……」

夢中で戦っていた俺は気づかなかったが、確かに肉が焼ける臭いと、焦げた死体はあまり気分がいいものではない。

まだ小さいライラには、酷だっただろう。

一応、ライラに【回復】を施す。疲労を取り去ると同時に、神経の不調も鎮めてくれるのだ。

「うっ……」

俺は、さらなる頭痛と吐き気に襲われる。完全にＭＰが不足していることを忘れていた。

「お主は馬鹿か？」

「いや、ライラがつらそうにしていたから思わず……」

俺の様子を見ていたアルは心底呆れた顔をしていた。

実際そのとおりだとは思うので、何も言えない。

会話を聞いたライラは、申し訳なさそうな表情をしていた。

「ごめんなさい、私のせいで……」

「そんなに気にすることじゃない」

かえってライラに気を使わせてしまった。

俺は少し気まずくなったので、さっさとトロルの死体から核を回収して、話を逸らすためアルへ質問した。

「そ、そういえば、迷宮って一体誰が階層を増やしてるんだ？　迷宮主の意思で変わると言っても、別にトロルが土木工事してたわけじゃないんだろ？」

「さっき、お主も見たアイアンモウルじゃ。迷宮の元となる空間を地下に造り、それが地上に繋がり、何かのはずみで迷宮主が生まれるとそこが迷宮と化す。以降は迷宮主の意思のままに拡張も行うのじゃ」

へえ、いきなりよく分からない空間がポンと現れるわけじゃないんだな。

アルは迷宮に育ちそうなものを見つけると、大きくなるまで楽しみに待っては迷宮主に勝負を挑むようなことを繰り返してきたので、迷宮への理解も他の魔族より深いようだ。

それを俺に教えなかったのも、俺の力量を測っていたのかもしれない。

彼女は強すぎるせいで、大抵が最初の攻撃だけで相手の力量が分かりきってしまうのが不満であるらしい。白分より弱いと分かった時点で興味を失い、戦いも放り出して帰るのだという。

なんて自由人なんだ、と思った。同じ魔族の命だろうが気分次第で奪ってしまうなど、魔王にしか許されない特権にさえ思える。

彼女は、今の所は人間……というか俺とその周囲の人たちに友好的に見える。その反面、彼女の気を損ねれば、あっという間に世界は滅んでしまうだろうとも感じた。

それは、ネロも同じだろう。

無邪気に見える二人だが、それだけに扱いを間違えれば俺自身も殺されるかもしれない。

とりあえずはいい友人として接したい
その上で、この奇妙な師弟関係を解消すべきだと思う。俺たちが対等な立場でなければ。

アルとネロに提案すると、即座に首を横に振られた。

「それはできぬ相談じゃ」

「なんでだ？」

「既にお主が妾とネロの師匠だということは魔族中に伝わっておる」

「嘘だろ⁉　その話が出たのは今朝のことだぞ」

「お主がオークと戦っている時に、暇じゃったからグランニールたちに連絡しといたからのう」

最初、静かに観戦していると思ったのは、それが理由か……！

お遊びの師弟関係にせよ、俺が無敗だったアルを下したこと、そして俺自身の情報の全てが魔族中に知れ渡っているということになる。

これで、好戦的な奴が命を狙ってきたりしないだろうな……。不安になってきた。


地上に戻る時に、何気ない質問をアルにする。

「ところで、俺はゴンド村に戻るけど、アルたちはどこに帰るんだ？」

「お主、何を言っておる。お主と一緒に村に行くぞ？」

「私もなの〜！」

「なんだって⁉」

さすがにそれはまずい。

彼女らが朝に押しかけてきた後は、早朝だったこともあって村人にはバレていないが、今から帰るとなれば隠し通すことは不可能だろう。

そんな時、魔物に敏感なあの村が、人族でない者を受け入れてくれるかが疑問だ。いらぬ混乱を招くかもしれない。

けど、ここで突っぱねても絶対付いてくると駄々をこねるだろう。

俺は諦めて、被害を最小限にする方法を考える。

「アル、その尻尾は隠せるのか？」

「造作もないぞ」

そう言って、尻尾を消して見せた。先ほどまで太い尻尾の生えていた腰は人間のような肌が露出している。

「ちなみに、こっちだけ出すこともできるぞ！」

今度は背中から龍の翼を出した。ライラを守る時にも出してくれていた翼だ。本当に、変幻自在だなと驚く。

「私もできるの～！」

争うように、ネロも背中から翼を出したり引っ込めたりした。そういえば最初に見た時以来、翼は見せてなかったな。

翼があるということは二人は空も飛べるのだろう。

さすがにこの種族の特性までは俺のユニークスキルでも手に入らないので、少し羨ましいと思った。

「俺と一緒にゴンド村へ行きたいのなら、条件がある。俺がいいと言うまで、人族の姿でいられるか？」

「構わんぞ」

「余裕なの～」

二人は元気よく即答する。

返事はいいが、俺は不安でしょうがなかった。二人を信用するしかないが……。

「ライラはどうする？　人を探しているなら、あまり長居はできないんじゃないのか？」

「えっ⁉　あ、はい……そう、ですね……」

ライラは二人が少し怖いようで、どことなく俺たちと距離を置いている。

怖がらせてしまった償いではないが、ゴンド村に戻る前にライラを再び、安全そうな馬車に預けられるよう取り計らうことにした。

途中、森の集落でオークの死体から体の一部を持っていく。

村人に証拠として見せれば、彼らの不安は取り去れるだろう。

洞窟を出たところでアルたちとのパーティー登録を解除した。

これで、討伐は完了した。

エピローグ　それぞれの思い……！

オーク討伐から戻ったのは、村を出てから二時間もしないうちのことだった。

もっと時間が経っているように思えたが、それだけの激闘だったのだろう。

出発した時は早かったので誰とも会わなかったが、もう既に村人たちは起きて作業をしていた。

フランが村の入口で花に水をあげているのを見て声をかける。

「ただいま」

「あれ？　どちらに行かれていたのですか？」

「あぁ、オークの集落に行って来た」

「なるほど、今晩のための偵察ですね」

「いや、オークの集落に乗り込んだんだよ。親玉も倒したから、もう大丈夫だろう」

俺とフランはお互い見つめ合い、しばらく沈黙が続く。

「え――――――――っ!?」

突如フランが大きな声で叫んだ。

「なんじゃ、大声を出してうるさいのう」

後ろにいるアルが耳を塞ぎながら顔をしかめている。

フランは見覚えのある少女がいることにも、さらなる驚きを示した。

フランの叫び声を聞きつけた大勢の村人が、何事かと集まってくる。

あっという間に村の入口で囲まれる形となった。

「フランよ。朝から大きな声を上げて、一体どうしたと言うのだ？」

村長もやってきてフランを諫めるが、俺を見て不思議そうな顔をした。

「おや、タクト様。今から出発ですか？　村のためとはいえご負担をおかけしますが、どうかご無事で……」

「いいや。今さっきオークを全滅させて帰ってきた」

「……えっ！　今、なんとおっしゃいました？」

「オークの集落を襲撃して、全滅させてきた。ほら、証拠だ」

オークの頭を村人たちの前に出すと、驚きの声が上がった。

ちなみに【アイテムボックス】のことをバラしたくなかったので、適当に見つけた袋から出すフリをした。核も取り出し、村人たちの前に置く。

村人たちは証拠を見ても信じられない様子だ。

「こっちの大きいのは、妾が倒したのじゃぞ！」

「倒した数は、私の方が多いの〜！」

するとアルとネロが言い合いを始めた。

証拠として持ち帰った首と核は二人が狩ったものだ。二人は絶対に自分たちの戦果を持って帰るのだと聞かなかったのだ。

もしかしたら、俺の出した勝負の判定に納得できていないので、他の者に判定してもらうつもりだったのかも知れない。

「失礼ですが、この子供たちは？」

村長の言葉に、俺は二人を紹介した。

「こっちがアルで、こっちがネロ。二人とも俺の友人だ」

「よろしくじゃ！」

「よろしくなの～！」

アルとネロも元気よく挨拶する。

ところがフランは、俺が紹介した二人の名を聞いて確信と共に、何かを思い出したかのように恐る恐る俺に質問をする。

「今、ネロと仰いましたが、もしかして……」

そうか、六大魔王として広く名が知られているんだから、ネロの名前をそのまま出せば感づかれるのも当然か。

慣れたら明かすつもりだったけど、二人は人族相手でも友好的な態度を崩さなかった。

これなら、もしかすると打ち解けられるかもしれない。

「その、もしかしてだ」

フランがまた叫ぶ。

「フラン、先ほどから少しやかましいぞ。タクト様や、そのご友人に、失礼であろう」

村長がフランを叱り、アルとネロの頭に優しく手を置いた。どうやらフランと違い、彼らはまったくピンと来ていないようだ。

「驚かせてすまんのう。これでも食べるといい」

村長が持っていた木の実を二人に差し出すと、二人はパッと表情を明るくした。

「お前、いい奴じゃな！」

「うん、お前いい奴なの～！」

アルとネロは、村長を気に入った様子だ。

二人の素性を知らなければ、どこにでもある老人と子供の心温まる光景に思える。

ただ、村長は自分が何をしているのか分かっていないのが恐ろしい。

「そっ、村長様……」

「なんだ、フラン」

「その御方たちは、たぶんですが第一柱魔王のアルシオーネ様と、第二柱魔王のネロ様なのですよ」

「フラン……寝ぼけているのか？　朝から何を馬鹿なことを言っておる。本当に困ったもんだ……ねぇ、タクト様」

「いや……フランの言った通り、二人とも魔王本人だ」

「……え、ま、またご冗談を……」

村長はまったく信じられないようで、アルとネロの前にかがみ込み、優しく笑いながら質問をした。

「君たちは、魔王なのかな？」

子供に問いかける口調だが、二人は特に気分を害した様子もなく、あっけらかんと答えてしまった。

「うむ。妾は第一柱魔王のアルシオーネじゃ！」

「私が第二柱魔王のネロなの～！」

「……タクト様、もしかしてこの子たちを使い、我らをからかっておられる？」

「冗談でもなんでもなく、本物の魔王だ」

「こんな可愛い子たちが魔王なわけないでしょうに」

村長は二人の頭を撫でながら笑う。

「……二人とも、翼や尻尾を出していいぞ」

万が一、二人の逆鱗《げきりん》に触れて村が崩壊する危険を回避するために、早々に本性を見せることになってしまった。

二人とも、普通に自分の魔族としての特徴をあらわにする。

村長は、翼と尻尾を出した二人の頭に手を置いたまま固まってしまった。

アルとネロは、不思議そうに村長を見上げる。

「どうしたのじゃ？」

「お～い」

返事がない、完全に気を失ったか？

……いや、もしかして死んだのか？

◇◆◇◆◇◆◇◆◇◆◇◆◇◆◇◆◇◆◇◆◇◆◇◆

村長の許可をもらい、村中央の広場でゴブリンとオークの戦利品を確認する。

奴らは人間から奪っていた物も多かったので、そちらは核と一緒に村へ引き渡すことにした。

アルとネロには適当に遊んでもらっている。勿論、人の姿に戻ってもらった。

二人に九マスの〇×ゲームを教えたら、ハマったみたいだ。

二人でずっと、地面に書いては消してを繰り返して、延々と遊び続けている。

表情や態度から、どっちが勝ったかがよく分かる。

感性も小学生のようで、見ていると微笑ましい。

村人は遠巻きに俺たちを見ている。興味はあるのだろうが、なにせ魔王と友人になってしまったのだ。俺も含めて異質なものに映るだろう。

「タクト様！」

そんな中にあっても、フランは変わらず声を掛けてくれた。どうやら彼女は、魔王が目の前に現れたことには驚いたようだが、特に偏見も持たずに接してくれるようだ。

「なんだ？」

「横、座ってもいいですか？」

「あぁ、いいぞ。それとさっきは驚かせて悪かったな」

「はい。昨日と今日で、一生分驚いた気がしますよ」

フランは、笑いながら答えた。

「わざわざ気に掛けてくれたのか。用事もないのに来たんだろう」

「あっ、分かっちゃいました？」

しかも気遣いまでしてくれたのか。転移前から数えてもしばらく味わっていなかった、人の優しさが心地よかった。

「そうだ、この村を警護している村人はいるか？」

「はい、いますよ。あそこのロイドがそうです」

フランの指した先には、短い髪の青年がいた。

呼んできてもらうと、ロイドは明らかに緊張した面持ちで俺の前に立った。

「ロイドと申します。私に何かご用でしょうか」

「あっ、そんなに緊張しなくていいぞ。ここにある武器を全部、この村に寄付するから適当に使ってくれ」

俺の提案にロイドもフランも黙ってしまった。

「ん？　もしかして、いらないのか？」

俺は余計なことをしたかもと思い、焦って聞く。

「いいえ、武器は喉から手が出るほど欲しいです。しかし……」

もらえない理由でもあるのか？　と考える。

見かねたフランが慌てたように言った。

「タ、タクト様、本来なら私たちが報酬を渡さないといけない立場なのに、こんな物いただけません……！　ロイドも、それで黙っているのですよ」

そういうことか。

ロイドは、フランの言ってくれたことに補足する。

「そうです。タクト様には感謝することばかりで、この村にはこちらから恩返しできるような物が何もないのです」

「いやいや、昨日夕飯もらったし、寝る場所も提供してくれただろ？　それで十分だ」

「夕飯と言っても、質素《しっそ》な食事です。それに、寝る場所も板の間です……それでも十分だと言うのですか？」

ロイドは真面目な奴だと思いながらも、俺は話を続ける。

「俺の夕飯は、明らかにお前たちが食べている食事よりいいものだった。それに、寝る場所にしたって、この村で一番いい所だったんだろ。お前たちは村全員が苦しい中でも、俺を迎え入れてくれた。違うか？」

「でっ、でも！」

エクシズで、『一宿一飯《いっしゅくいっぱん》の恩義』を話しても分からないだろう。

「まぁつまり、気にしなくていいから、もらっとけってことだ！」

「しかし……」

困ったな、これは引いてくれないパターンだ。

ロイドを納得させられる何かがないと、押し問答《もんどう》になる。

「俺はこの村が気に入った。その気に入った村をなくしたくない。だから、村を守るための武器を寄付する。それでも駄目か？」

「う、うーん……」

「村なら妾が守ってやるぞ！」

アルが、突然会話に入ってきた。

「あの村長はいい奴だから、グランニールや配下のドラゴンたちに、この村を守らせるぞ！　タクトが村を守りたいというのであれば、それは弟子である妾の仕事じゃ！」

アルが邪魔したせいで、俺がいいこと言ったのに、一瞬で無駄になった気がした。

しかも、意味不明なことを言っている。ドラゴンに守らせるだって？　そんなの、いくら魔王でもアルの一存でできることなのか？

それに弟子という言葉を口にしたが、深掘りされると面倒なのでスルーすることにした。

「グランニールは、納得したのか？」

「そんなの関係ない。妾がやれと言えばやるのが当然じゃろう？」

まぁ、そうだろう。グランニールもアルから言われたら、断れるわけがない。

「グランニール？　ドラゴンを従えている方、ということでしょうか……？」

ロイドは、アルの言葉の意味が分かっていない。

フランが、ロイドに説明する。

「ドラゴンですか⁉」

「そうじゃ、妾より弱い奴だから心配なのは分かるぞ。だが、グランニールも、そこそこ強いから安心するがよい。それにこの村であれば、あの山から見ているだけでも守れるじゃろう」

アル基準で考えれば、この世界のほとんどが弱い部類に入るだろうが！　と、俺は心の中で叫ぶ。

同時に、アルの申し出が嬉しかった。彼女なりに人族を愛してくれているというのが伝わってきたからだ。

◇◆◇◆◇◆◇◆◇◆◇◆◇◆◇◆◇◆◇◆

「ドラゴンに守らせるですと⁉」

死の淵から帰ってきた村長が、また戻りそうになる。

村人を全員集めてもらい、アルから村人に対して説明をしてもらったところ、これまで以上の動揺が村人に広まった。

当たり前だが、魔王であるアルには誰も逆らえないので、結局アルの意見を押し通す形になった。

まあ、俺も見ているし、滅多なことにはならないだろう。

そして、ついでに俺がゴブリンの集落や、オークの集落で回収してきた武器は寄付することを伝える。

村には武器が充実して、ドラゴンが常に山からこちらを見守っていてくれる。

もちろん、村に何かあれば、すぐに飛んできて村を救ってくれる。

完全な防衛システムだと思う。

◇◆◇◆◇◆◇◆◇◆◇◆◇◆◇◆◇◆◇◆

俺は、武器を保管している場所に案内してもらい、武器を格納する作業をする。

ついでに、リラから習得した【複製】のスキル確認をすることにする。

もし使い方次第で制限に囚われないようにできるなら、この村にもっと資産をもたらすことができるかもしれない。

だがやはり、【複製】できるのは二つまでだった。

【複製】した武器に【複製】をしても増えることはない。複数握ってスキルを使えば一気に複製が可能ではあるが、それでも同品質の二つまでが限度だった。

ただ、触らずとも複製できることが分かったのは大きい。ある程度の範囲までは、俺が認識していれば複製可能だ。

大きさに制限があるようで、試しに山を【複製】しようとしたが、無理だった。大きすぎる物は複製不可能のようだ。同様に建造物も不可能だろう。

ロイドが様子を見に来たが、散らばっている武器を見て不思議そうな声を出した。

「タクト様、武器がさっき見た時よりも、多く感じるのは気のせいでしょうか？」

「気のせいだろう」

俺は知らないフリをする。

村長も様子を見に来たのだが、あまりの数の武器にまたもショック死しそうになっていた。

あの世に行っても幸せになれるとは限らないぞ！　と思いながら、村長を見ていて大事なことを思い出した。

俺がこの世界に来た理由！　そう、エリーヌを神として広めなければ！

「ちょっといいか？」

村長に言って、広場に村人を集めてもらう。


集まった村人に向け、俺は自分の目的について話した。

「この村は信仰というものがないんだろ。俺は神の使徒として、信仰を広める旅をしている。礼を強要するわけじゃないが、もしよければ俺が仕える神を、お前たちにも信仰してほしい」

そしてエリーヌという神のこと、一日の空いている時間に軽く祈りを捧げてほしいこと、そのための祠《ほこら》を設置する場所を借りたいことを伝えた。

もちろん無理強いはしない。

信仰のないこの世界でどうかは知らないが、もし抵抗があるならそちらを信仰してもらっていいとも伝えておく。

まあ、それでガルプを信仰されたら堪ったもんじゃないんだが……。

「そんなことでよろしければ喜んで！　この村を救ったのは、間違いなくタクト様です。そのタクト様が崇める神であれば、素晴らしいに決まっています。断る理由などありません」

ゴンド村の人たちは快諾してくれた。

……しかし、エリーヌが素晴らしい神と言われる度に腹が立つのは、何故だろう？

「そのエリーヌ様は、どのような御姿《おすがた》をされておられるのでしょうか？　できればそれが分かる物があるとありがたいのですが……。みながバラバラの姿を想像することにもなりかねませんし」

確かに、御本尊《ごほんそん》があるのとないのとでは、信仰に対する姿勢が全然違う。

俺のイメージを具現化できる方法はないか……。

そうだ、確かリラが、樹木なら自由自在に形を変えることができると言っていた。

それで像を作ればどうだろうか？

適任者発見！　とテンションが上がった俺は、

「すぐ、戻る」

【転移】を使い、リラを探して迷いの森の中央の大樹まで来た。

そして、樹に手を当ててリラを呼ぶ。

少し待つと、リラが若干呆れたように出てきてくれた。

「確かに、またいつでもお話してくださいとは言いましたが、精霊をこんなに気軽に呼びつけるのは、タクト様くらいですよ」

「悪いな。リラにしか頼めないので、急いで来た」

「依頼内容は、読み取りましたので分かっています。仕方ないですね」

リラが一本の樹に触れると、そこから五十センチ程度の枝が伸びた。

「樹に触れて、私にタクト様のイメージを伝えていただけますか？」

「分かった。こうか？」

リラに対し、俺の思っているエリーヌのイメージを伝える。優しげな大きな目、形のいい唇、抜群のスタイル……。

すると枝が膨らみ、やがて形を成した。

俺は一瞬テンションが上がったが、できあがった物を見て、申し訳ない声を出した。

「……リラ。悪いけど、俺のイメージと違う」

いや、正確には違わないけど違う。

今回、リラに作成を依頼したエリーヌのイメージは、出会った瞬間の素晴らしい女神の姿だ。優しいながらも威厳があり、光の柱の中に立つ神々しい女神の姿。

しかし、何を読み取ってしまったのか、出来上がった像は寝転んで菓子を食べて、雑誌を読んでいるポンコツ女神の姿だった。

「あら、タクト様のイメージ通りですが？」

ややムッとしたようにリラが言う。

確かにリラの製作した木像のクオリティは高い！　高いがゆえに、ポンコツのポンコツぶりをことさらに強調しており、ポンコツ指数を格段に上げている。

せっかく作ってくれたので、これはこれでもらっとくとしよう。

「悪いんだけど、このイメージで頼む」

もう一度、右手で樹に触れる。今度こそポンコツな姿にならないよう、ハッキリと、出会った当初の最大限に美しかったエリーヌを思い浮かべる。

「これで、いいですか？」

すると枝は、俺が脳内で最大限に美化したエリーヌに変化していた。我ながら、今すぐにでも跪いて祈りを捧げたくなるほど、素晴らしいイメージができたと思う。

さすがはリラ、いい仕事する。わずかのポンコツぶりもないその木像を、俺は手に取ろうとした。

そこで、その横にもう一体の木像があることに気が付いた。

いやこれって、どう見てもリラの像だよな。こんなのは追加注文していないのだが……。俺は困惑する。

「……これは？」

「見ての通り、私の像ですが」

「リラなのは分かるけど……」

「タクト様は、神の愛とその感謝を説く立場なのでしょう？　であれば、私のことも祀《まつ》るよう、村人を説得していただけませんか」

「……寂しいのか？」

「そういうわけではありません。不可抗力とはいえ、この森は危険な場所として、村人たちに認知されてしまいました。ですが本来、彼らは森に感謝し、共存する立場なのです。それを思い出し、忘れないよう心がけていただきたいのです」

俺の言葉に、リラは若干怒ったように返した。彼女も森の管理者として、人間に対して譲れないラインというものがあるのだろう。

超常的な存在と付き合いすぎて、俺もそれを忘れてしまっていたかもしれないと反省した。

「分かった。とりあえず、エリーヌの横に並べて置いてみる。村人にも常に感謝を忘れるなと言って聞かせるよ」

リラは嬉しそうに微笑む。

一応、木像をそれぞれ【複製】する。

もちろん、エリーヌのポンコツ姿の木像も、面白いので同様に【複製】した。

「ありがとうな」

「いいえ、こちらこそ。木像の件、よろしくお願いしますね？　私のユニークスキルも使いこなしているようですし」

「はは、分かっているよ」

リラに礼を言った俺は、すぐに【転移】でゴンド村に戻ったのであった。

◇◆◇◆◇◆◇◆◇◆◇◆◇◆◇◆◇◆

リラに製作してもらったエリーヌの木像を見せると、村人たちは感激していた。

それどころか「これほどお美しいのか」「まさに完璧な存在だ」などと、口々に話している。

気のせいだろうか、あいつが褒められているのを見ると、無性に腹立たしさがあるのは……。

「こちらの像は、どなたでしょうか？」

リラの木像を見て、村長が質問をしてきた。

「あぁ、これはドライアドのリラだ。見たことあるだろう？」

「これがリラ様？　私も拝謁《はいえつ》しましたが、このような御姿ではなかったはず……」

村長の反応が鈍い。一体どういうことだ？

《【全知全能】、俺と他の人間でリラの姿が違うように見えるのは何故だ？》

《ドライアドは物質的な肉体を持たない存在であり、常に幻術を使い、個人の理想の姿となって現れるためです》

俺は【全知全能】の言葉で、リラがゴンド村の人たちと会った際に、理想の姿を見せていたのだと知った。

俺は村長に、ドライアドは人によって見え方が違うことを伝えた。そして、仮の姿としてこの木像を製作したことも話す。

姿は違えど、ドライアドのリラへの感謝は忘れないでほしい。そして、リラの木像も、エリーヌ像の隣に並べて崇めてもらうように頼む。

俺の話を聞いていた者の中に、反対する者はいなかった。

そして村人たちの意見で、中央広場に、祈りの場所を造ることになった。

「タクト様。村を治める者としてお願いがございます」

「なんだ？」

「何か、事件があった場合に、不躾ではありますがまたご助力を請《こ》いたいと思いまして……。ご迷惑でなければ、仲間登録させていただけないでしょうか？」

「ああ、そんなことなら全然いいぞ。いつでもここに来れるしな。困ったことがあれば、いつでも連絡してきてくれ」

「おぉ、感謝致します」

俺の三人目の仲間登録者は、ゴンド村の村長であるゴードンだった。そういえば、村長の本名を初めて聞いたな。

これからはこうして、人族の仲間も増やしていきたい、と思った。

◇◆◇◆◇◆◇◆◇◆◇◆◇◆◇◆◇◆◇◆

祠造りのために、広場に行って色々と考えてみた。

アルたちは相変わらず〇×ゲームに興じているが、村の子供たちも混じり、楽しく遊んでいるようだった。

　さすがに尻尾や翼はしまっているものの、それでも魔王というプロフィールを知ってなお対等に付き合えるとは、子供の適応力とはまったく素晴らしいものがある。

　シロとクロも、小さな子供たちに人気があるのか、撫でられたりしている。二匹とも、こういった事に慣れていないのか、若干戸惑い気味だった。

　さて、木像設置のための祠の話だ。

　ここで、俺と村人の認識が食い違っていることが発覚してしまった。

　というのも俺は、道端のお地蔵様のような小さな物を想像していたのだ。そのために像も五十センチ程度と持ち運びができるサイズにしていた。

　しかし、村人たちは神と信仰という話を聞き、大昔にあった宗教が必須としていた教会や神殿をイメージしていたらしい。

　そんなものをこの村に造ろうとすれば色々な問題が発生してしまうだろう。

　まずこの村は、それなりに大きな面積に比して人が少なすぎる。

　それでも食事もまともに摂れていないほどの体たらくだし、持ち主がいないせいで長年放置されている廃屋《はいおく》同然の家も目につく。今人が住んでいる家も大して変わらない。

　なにせ村長の家ですらその有様なのだ。誰も直す技術や資材を持ち合わせていないことの証左である。

　もしも俺が彼らの言う教会の建物を要求していたら、彼らはいくらでも俺の期待に応えようと頑張りすぎてしまうだろう。いい物ができることは素直に歓迎できる。相手がエリーヌだろうと、使徒として信仰はよりよい形で広めたい。

しかし、それは俺の本意ではないのだ。特に村人たちが、自分の食うのを我慢してまで何かを成し遂げようとするなんて絶対に御免だ。

立派な教会なんていらないから、木像が雨ざらしにならない程度の小屋でも建ててくれ、とお願いした。

それなら最低限粗末にもならず、生活水準の向上でいくらでもよくできるだろう。

それらを決めるのも彼らに任せたい。何故なら俺は旅の身で、ここに定住するわけではないからだ。色々と手は貸す予定だが、長く残る物にあれこれと口出ししてはならない。

◇◆◇◆◇◆◇◆◇◆◇◆◇◆◇◆◇◆◇◆

翌日。

ゴブリンの集落から救出した女性たちから話があると言うので、俺は彼女らの泊まっている場所を訪れた。

彼女らは奴隷アイテムにより拘束を受けていた者たちだ。飢饉《ききん》の村で口減らしのために売られたモモ、双子として生まれてしまったために村の因習で厄介払いとして売られたシズとリズ、裕福な家庭だったが父の事業失敗で転落し売られたマリー……。

助けたことへの礼ならもう十分に受け取っている。彼女らにしてもらいたいことはないのだが、と思い話を聞くと、マリーがおずおずと質問してきた。

「タクト様は、もう少しこの村におられる予定ですか？」

「そうだな。明日か、明後日には旅立とうと思っている」

前々から思っていたのだが、「様」付けで呼ばれるのはくすぐったい。もちろん上下関係から来るものではなく単純な敬意なのだろうが、俺はそんなに立派な人間じゃない。最初は気分がよかったが、だんだん辟易《へきえき》してきた。

折を見て、呼び捨てか「さん」付けにでも変更してもらおう。

「そうなのですか……次は、どちらへ行かれる予定ですか？」

「とりあえずジークだな。本来の目的地だったからな。まぁ、訳あって迷いの森にいただけだ。お前たちはどうするんだ？」

「私たちにはそもそも、帰る場所もありませんから……この村を出れば、放浪の身です」

……そうだった。

故郷に帰ったって迷惑がられるだけだし、村を出ても別の奴隷商の餌食《えじき》になるだけだろう。

もしかして、失礼なことを聞いてしまったのではないかと、少し不安になる。

「村に残ればいいいんじゃないか？　問題があるわけじゃないんだ、受け入れてくれるだろう」

「はい。私たち姉妹は、こちらでお世話になろうと考えております。お世話になっているご夫婦と、もう少し一緒にいたいので……」

リズとシズの姉妹は村に残るようだ。

若い娘のような感覚で、可愛がられているのだろう。聞けば実の両親から二束三文で売られてしまった彼女らは、親の愛情というものが分からないでいたらしい。

モモはまだ悩んでいると言った。自分がこれからどうしたいのか、それがハッキリしないうちに答えを決めることはできないのだと。

マリーは大きな街に行って暮らしをリセットしたいのだそうだ。だから、俺がジークに行きたいと言うと、同行を希望してきた。

四人が揃っているので、俺は聞きづらかったことを質問してみた。

「この世界の、奴隷制度というものについて詳しく知りたいんだ。どんな経緯でそうなって、どういう仕組みで運用されているのか……できればお前たちのことも、もっと詳しく知りたい。言いづらければ言わなくてもいいから教えてくれるか？」

どうしても、奴隷制度というものが気に入らない。散々ブラック企業で搾取され、そして周囲が搾取されるのを見てきた俺は、力ある者が弱い者を不当に支配するということが許せなかった。

わざわざエピソードまで聞いたのは、もちろん興味本位などではない。

奴隷にされた根本的な理由を知らなければ、奴隷制度の仕組みも、改善方法も何も分からないと思ったからだ。

彼女たちは悩んでいた。当たり前だ、デリケートな問題で、基本的には思い出したくもない過去だろう。今だって少しは話してくれているけれど、それ以上のことは踏み込んでほしくないのを感じる。

四人には、話をしてもいいと思った者だけ、俺が個別で話を聞くことにした。

すると、四人ともがきちんと話をしてくれた。


ただ生まれただけで罪とされ、愛されることがなかった者たち。

天候というどうしようもない物に敗北し、村のために自分の身を捧げなければならなかった者。

急な転落に困惑するうち、尊厳まで売らされることとなってしまった者。

みな、理由は違えど、不当な圧力を受けていることは変わらなかった。


「ありがとう」

つらい話をしてくれた四人に対して、俺は礼を言う。

やはり、人身売買は気分が悪い。この先、奴隷商人に会ったら嫌悪感しか抱かないだろう。

嫌悪感で収まれば良いが、それ以上の感情を抱いた時に、俺は自分を抑えられるだろうか……。

トロルとの戦いで、恐怖と怒りから思わず我を忘れてしまったことを、俺は気にしていた。

「大丈夫ですか？」

よほど険しい顔をしていたのか、モモが心配そうに声を掛けてくれた。

「あぁ、悪い。何でもない」

もう一つ分かったことがある。それは、奴隷商人というのは、ただ書面の上だけで契約を交わす存在ではない、ということだ。

なんでも売買契約には特殊な効力があり、一度成立してしまった時点で、それまでの仲間登録が白紙になってしまうらしい。

つまり、彼女らが築いてきた人間関係が、リセットされてしまうに等しいのだ。

人族である彼女らは、関係者の合意のもとで契約を交わされるのでまだいい。一部の獣人や魔族に至っては奴隷アイテムで合意なく奴隷にすることもできるのだという。

彼女らの契約は権利を持った商人が死亡した時点で既に切れているらしいが、通常は、首輪によって制限されるので商人や主人を殺して自由になることなどできない。ゴブリンの襲撃を受けて、ある意味ではラッキーだったと言えるだろう。

もちろん、少し運命が違えば、陵辱の果てに命を落としていたのだから、決して幸運などではない。

エリーヌは言っていた。信仰がなくなったことで神力が届かなくなり、世界の秩序が保てず、崩壊の一途を辿っていると。

この歪みすらもそのせいなのだとしたら、数百年に渡り失敗を放置し続けたガルプはとんでもない奴だ。

俺は改めて、この世界の歪みを実感した。

◇◆◇◆◇◆◇◆◇◆◇◆◇◆◇◆◇◆

村人たちを集め、俺への呼び方を変えてもらうように懇願した。

理由は俺が、神の使徒であり俺自身が尊敬されるべき立場ではない、と適当にでっち上げた。

だが、村人たちは受けた恩があるのでそれはできないと固辞してきた。

むず痒かったので、なんとか説得し、「タクト殿」と呼んでもらうことを折衷案《せっちゅう》とした。

さて、呼び方も定まったところで、早速礼拝所造りだ。

イメージは既に、小さな建物なのだと伝えてある。村人の中には頑張ってでもなるべく大きな物をと申し出る者がいたものの、それは諸々の状況を考えて断念してもらった。

建設場所に、みんなで一礼をして作業に取り掛かった。

「よーしみなの者！　ドンドン、パフパフじゃ！」

「ドンドン、パフパフなの～！」

何故か、部外者のアルとネロが陣頭指揮を執っていた。

アルとネロ、そして村の子供たちが合唱している。こいつら、まだその言葉を覚えていたのか！

意味不明な言葉に、村長がアルとネロに尋ねる。

「アルシオーネ様、ネロ様。その『ドンドン、パフパフ』というのはなんですかな？」

「おう、これはタクトから教えてもらった、気合を入れる言葉じゃ！　なんかこう楽しい感じがするじゃろ？　よいか、これは信仰なき世界を救うための第一歩、お前たちも気合を入れるのじゃ！」

やめてくれ、恥ずかしい！　単なる思い付きで言った言葉を、そんなに広めないでくれという俺

「なるほど、そうでしたか！　みなの者、私たちも声を上げるぞ！」

の願いも虚しく、

「「「ドンドン、パフパフ！」」」

「「「ドンドン、パフパフ！」」」

村全体で、『ドンドン、パフパフ！』の大合唱となった。

そして時おりその言葉を発しながら、子供から大人まで、楽しそうに作業をする。

アルとネロの二人も、村人に交じって楽しそうにしていた。シロとクロも村人たちの横で楽しそうだった。

人族と魔族が共存する世界。

エリーヌが目指している世界とは、こういう世界なのだろうと思いながら、俺は二人が輪に溶け込んでいるさまを見ていた。

「よく見ているのじゃ」

アルは手刀で、樹を切断していた。

村人たちから歓声が上がる。

アルも鼻が高いのか、上機嫌に胸を張っている。

ネロは子供たちと一緒に、村の周りで供える花を摘みに行ったようだ。彼らと交流する上で、昼型なのは大きなメリットだと言える。

そして肝心の礼拝所についてだが……少しずつだが、形が見えてきた。

まあさすがに資材の関係もあって、言い方は悪いが、少し大きめの犬小屋を作っている感じになってしまったことは否めないが、元々雨風を凌ぐためのものなのだから、これでいいのだ。

「タクト……殿も、エリーヌ様の隣にどうですか、木像を建てたりお名前を刻んでは？」

まだ、俺への呼び名に慣れていない村長が、突拍子もない提案をしてくる。

「いや、大丈夫だ。俺はこの村の者でもないし、そのようなことをされる覚えもない」

「何をおっしゃいますか！　タクト殿は村の救世主なのです」

村人たちも、村長の言葉に同調する。

「それに聞けば、アルシオーネ様とネロ様を弟子にされているとか！　強大な魔王すら認めるタクト殿の威光を、世に知らしめなければなりますまい」

「いや、それは……」

俺は言葉に詰まる。

否定したところで、事実は事実だ。アルたちが改めて宣言すれば、それで真実として周知されてしまうだろう。

困ったと思いながら、頭を掻くばかりだった。

◇◆◇◆◇◆◇◆◇◆◇◆◇◆◇◆◇◆◇◆

村人たちが力を合わせたせいか、半日程度で神祠《しんし》が完成した。

あとは、エリーヌとリラの木像を入れるだけだ。

村人たちが最後の仕事は俺にと言ってくれたが、謹《つつし》んで辞退した。

この村の神祠だからこそ、村人の手で木像を納めてほしいと思ったのだ。

エリーヌの木像は村長を中心に、何人かの大人で運んだ。

リラの木像はというと、若者や子供を中心に運んでいた。子供たちの大半は手を添えているだけだが、こういう儀式に参加したということが大事だと思う。

子供の頃に参加するお祭りと同じだ。その時の本人には信仰の意味や、信仰心などなくても、何年かして大きくなった時に、ふと思い出す時が来るかもしれない。

もしかしたら、自分の子供に聞かせることだってあるかもしれない。

そうした積み重ねが、やがて太い信仰となるのだ。

神とは何年にも渡り、人々の心の支えになるものだ。それは世代を超え、受け継がれていかなければならない。

村人たちの顔を見ていて、そう感じた。

簡素だが、満足する神祠が出来上がったと思う。

この世界で、初めての使徒としての仕事だ。エリーヌも喜んでくれているだろうと、空を見上げた。

もし今、対話を繋げば確実に調子に乗った言葉が出てくるだろうから、報告はしない。エリーヌが真面目に仕事をしていれば、このことを知っているはずだからだ。

ここから、使徒としての第一歩が始まると思った。

むしろ遅すぎるくらいだ。

訳も分からず森に放り込まれ、魔物と戦い、命懸けで迷宮を攻略して……その元凶は全て、あのポンコツ女神のせいなのだが。つまり使命の完遂も、自分で邪魔しているようなものだ。

「少しよろしいでしょうか？」

声の方に振り返ると、ロイドがいた。隣には同年代らしき若い男が立っている。

彼はクラックといい、木工細工が得意で、時おり作って売ることもあるようだ。

「何か用か？」

「じ、実はその……タクト殿が用意された木像があまりにも素晴らしく、俺にも女神様やリラ様の像を彫らせていただけないかと思いまして……」

「それで許可を取りに来たのか。あいにくとあれを作ったのは俺じゃないんだが、そうやってたくさん作って広めてくれるのは大歓迎だ」

ドライアド製の木像はクオリティが高い。

おそらく、職人気質のクラックには、別の意味でたまらないものがあったのだろう。

「その代わりいくつか条件をいいか？　納得できる物が作れたら俺にも教えてくれ。ただし、失敗作はきちんと壊すこと。むやみに売ったり、半端な物を残すことも駄目だ。あと、ちゃんと自分の作品だと分かるよう、名前は入れておいてくれ」

偶像は、特別な物だからこそ意味がある。

粗製乱造で価値を落としたり、俺がこれから行く先で騙られてしまうことがないように、きちんと釘を差しておいた。

「はい。ありがとうございます。必ず守ります」

「まずは小さい物から彫って、徐々に大きい物を彫っていった方がいいかもな」

俺は作ったことがないので釈迦《しゃか》に説法なのだろうが、一応それらしいことも言っておいた。

この村の人たちと過ごした時間は短い。しかし、村人たちはみんな、真面目だということは間違いない。

だからこそ、クラックもいい木像を製作してくれるだろうと、期待している。

最後に村人全員で、エリーヌとリラの木像に祈りを捧げた。


解散する前に、村人全員に、俺が明日の朝にこの村を出発することを伝える。

有り難いことにもう少しいてくれないかと懇願されたが、断った。

これ以上世話になればなるほど、別れづらくなってしまうからだ。俺の使命は、世界に信仰を広めること。田舎の村だけで満足していては駄目なのだ。

その代わり、次に来る時は驚かせてくれることを楽しみにしていると伝え、村人たちからも期待してほしいと言われた。

モモは悩んだ末に、村に残ることを決意したようだ。俺はそれでいいと思っている。なにも、したいことを見つけるために危険な旅に出ることもない。

一方でマリーは改めて旅の同行を願い出た。だが、俺の側では少し懸念がある。ジークまでは約百キロの道のりで、数日どころではない過酷な旅になるかもしれない。

そんな中で、彼女を守りきる自信がないのだ。なので俺がジークに着いてから、改めて迎えに来ることを告げ、マリーには残ってもらった。

「タクト、ちょっといい？」

気安く話しかけてくれたのはフランだ。

他の村人がまだ「殿」呼びにも慣れていない中で、適応が早いのか、フランは呼び捨てかつ友達のような口調で話してくれた。

俺的にはそっちの方がありがたい。今は十七歳の肉体だし、敬語で話されることもむず痒かった。

「どうした？」

「マリーを迎えに来る時に、私もジークに連れて行ってくれない？」

「フランもか？　別に構わないが、どうしてだ？」

「昔からずっと、やりたいことがあったの。酷い目に遭って、大事な家族も失って……それで色々と考えたけど、この機会に一からやり直したいな、って」

「そうなのか。でも、親御さんが心配するんじゃないのか？　せっかく戻ってきたのに、また娘がいなくなってしまうなんて」

「あはは、叱られたし泣かれちゃったけど、迎えに来てくれる頃にはちゃんと説得しておくから」

あれだけの目に遭って、なお前を向けるのは強いなと思った。

だから俺は、力強く胸を叩いて言った。

「分かった、約束する。マリーとフランは、必ずジークに送って行ってやる」

「ありがとう」

フランは笑顔で答えてくれた。

◇◆◇◆◇◆◇◆◇◆◇◆◇◆◇◆◇◆

そういえば、アルとネロはどうするつもりだ？　とふと疑問になった。

ゴンド村に付いてきたけど、さすがに俺の旅には同行しないだろう。アルとネロを探して、今後のことを確認しておいた。

「アルとネロは、家に帰るのか？」

いくら心強い戦力だとはいえ、さすがに魔王二人の面倒を見るのは厳しいし、ジークは人族の都市だ。魔族は敬遠されるだろう。

もし早まった人族が攻撃でも仕掛けて、不興を買えばジークが地図から消えることだって考えられる。

そんなリスク、背負って歩けるはずもない。

「そうじゃな……とりあえず、グランニールの所で遊ぶかの」

「私は、家に帰るの～」

とりあえず、二人とも一旦はお別れということになって、俺はホッとした。

アルは優しい笑みを浮かべながら、俺の腹をポンと軽く叩いた。

「次に会う時は本気の遊びをするぞ。だから、早く強くなるのじゃぞ」

「そんなに俺を強くしたいのか？」

「もちろんじゃ。本気で戦える相手は多いに越したことはない」

「おいおい、お前らのような強さには、到底なれる気がしないぞ」

俺は苦笑いをする。

だが、アルは顔をしかめる。

「何を言っておる。これから、お主を倒そうと戦いを挑んでくる奴がいるかも知れんのだぞ。そんな悠長に構えていれば、容易く命を落とすぞ？」

「はぁ、なんでだ？」

「そんなの決まっておろう。妾とネロの師匠だからじゃ！　うむ、タクトのために、もっと宣伝しておいてやるからな！」

「そうなの～、師匠倒せば、私たちより強いと証明できるの～。私も頑張って師匠の名前を広めておくの～！」

俺は頭を抱えた。

これでもう、平穏な異世界生活はなくなったと言えるだろう。

どうして、俺の周りにはトラブルを持ってくる奴が多いのだ……。

本当に死ぬ気で強くならないと、使命どころじゃなくなる。

いや、生きていくことも難しいかもしれない。

でもそういうリスクもまた、彼女たちとの付き合い方に必要なものかもしれない。

「俺が死ねば、お前らは弱いと言われるけど、気にしないのか？」

「大丈夫じゃ。成長したお主を倒せる者など、そうそうおらんじゃろうに」

「師匠が死んだら、私が仇を取るの～。だから安心して死んでくれていいの～」

「そういうことじゃ。それに、お主を倒した奴を妾たちが倒せば問題ない。結果的にお主の名誉も守られるぞ」

俺は意地悪な回答をしたつもりだったが、アルとネロには関係なかったようだ。

自分たちが弱いと言われれば、そいつを倒して自分たちが強いのだと証明する。

至ってシンプルな考えだが、自分の実力を微塵《みじん》も疑っていないのは魔王らしいとさえ言える。

俺は苦笑いした。

アルはからからと気持ちよく笑い、ネロも追随して満面の笑みを見せてくれる。

「まぁ、そんなことよりも……この先面白いことをする時は必ず呼ぶのじゃぞ！」

「だぞ～！」

「分かったよ、必ず呼ぶ」

「それでこそ、師匠じゃ！」

「師匠～！」

俺よりも強いくせに弟子を名乗る魔王たち。どちらかと言えば、種族の垣根《かきね》も超えた友人同士という感覚だ。

色々と言いたいことはあるが、とりあえず俺は……頼むから師匠と呼ぶのはやめてくれ！　と心の中で叫ぶのであった。

あとがき

あとがきを読まれている方、はじめまして。作者の地蔵と申します。

数ある作品の中から、拙著をお手に取っていただき、誠にありがとうございます。

この作品はWEBで二年以上（現在も連載中）も公開している作品になります。

今までもジャンルを問わずに小説を読んでいた私でしたが、読む側から書く側の気持ちを知るためにと、安易な気持ちで書き始めたのがきっかけでした。

勿論、好きなようにダラダラと書いて投稿していただけでしたので、書籍化されることなど全く頭になく、夢のまた夢だと思っていました。それが、まさか書籍化されるとは……。

継続は力なり、とでも言うのですかね。本当にありがたいことです。もしかしたら、人生の運、殆どを使ってしまったのかも知れませんね。

WEBで読まれている方々は、内容に戸惑う点が多々あるかと思います。WEBと異なり、修正や加筆などをしておりますので、似て非なる別小説と考えていただければと思います。

さて、編集者様よりあとがきを！　と依頼が御座いましたが、正直、何を書いてよいものか考えました。特に書くことが思いつかなかったからです。誰も私自身のことには興味がないでしょうから……。

一週間ほど考えましたが、書く内容が思いつきませんでした……。

ですので、謝辞を述べさせていただければと思います。

書籍化を打診いただき、何事も初めての経験で不慣れな作業のため、多大な御迷惑をお掛けした編集のI様。

こちらの拙いイメージを汲み取っていただき、素晴らしいイラストにしていただいたイラストレーターのごれ様。

このお二方には特別感謝しております。

書籍化に伴い、協力してくれた家族。もしかしたら、今後も迷惑を掛けるかも知れませんが、その時は引き続き協力お願いします。

そして、WEBの頃から読んでくれた皆さん。感想や叱咤激励をくれたり、誤字脱字などをご指摘くださった方々。

みなさんが作品に興味を持ってくださらなかったり、面白いと思ってくださっていなかったら、書籍化はされなかったと思っております。本当に感謝いたします。

この本を買ってくださった皆々様におかれましては、『異世界に転移させられたけど、ネゴってゴネッて女神も魔王も丸め込む!』をお楽しみいただければ幸甚に存じます。

最後にもう一度、本当にありがとうございました。

二〇二一年一月　地蔵

BKブックス

異世界に転移させられたけど、ネゴってゴネッて女神も魔王も丸め込む！

2021年2月20日　初版第一刷発行

著　者　地蔵《じぞう》

イラストレーター　ごれ

発行人　今 晴美

発行所　株式会社ぶんか社
〒102-8405　東京都千代田区一番町29-6
TEL 03-3222-5125（編集部）
TEL 03-3222-5115（出版営業部）
www.bunkasha.co.jp

装　丁　AFTERGLOW

編　集　株式会社 パルプライド

印刷所　大日本印刷株式会社

ISBN978-4-8211-4581-2

Printed in Japan